EL ÂLEM NE DER?

Dilek Dündar

CİNİUS YAYINLARI
ÇAĞDAŞ TÜRK YAZARLARI

Babıali Caddesi, No. 14 Cağaloğlu - İstanbul
Tel: (0212) 5283314 — (0212) 5277982
http://www.ciniusyayinlari.com
iletisim@ciniusyayinlari.com

Dilek Dündar
EL ÂLEM NE DER?

Kapak tasarımı: Pınar Kısa Met

ALTINCI BASKI: Ocak, 2008

ISBN 978-9944-126-89-2

Kitap Matbaası'nda basılmıştır

Printed in Türkiye

El Âlem Ne Der?

Dilek Dündar

CİNİUS

Bu dünya üzerinde yaşamış,
ve şu anda yaşamaya devam eden
tanıdığım, tanımadığım herkese
teşekkür ederim.

Tanışma

DEĞERLİ OKUYUCULARIM,

Şimdi içinizden birileri biz senin nereden değerli okuyucuların oluyoruz, diye düşünüp söylenebilir, birileri bu yazıdan sonra düşünmeye başlayabilir, birileri ise sadece güler geçer. İnanınki benim için bunların hiçbir önemi yok. İsteyen istediği gibi düşünsün ve söylesin. Bu kitabı ben yazdığım için bana göre olanı söylüyorum.

Benim için gerçekten değerlisiniz.

Kitapta okuyacaklarınız, benim bu hayatta gözlemlediğim, okuduğum, anladığım, belki de anladığımı sandığım, bazısını hâlâ anlayamadığım, bazılarını bizzat yaşadığım ve yaşamaya devam ettiğim deneyimlerdir. İnsan psikolojisi ile ilgili okul eğitimi almadım, özel kuruluşlardan alınmış bir sertifikam da yok. Benimki sadece merak.

Zaten hepimizin hayatı tanıması da merakı sayesinde olmuyor mu? Merak olmasaydı insanın bu dünyada yaşamasının bir anlamı kalmazdı. Bir şeyi merak ettiğimiz sürece onu öğreniriz ve tüm ilgimizi ona yöneltiriz. Belki fark eder, belki etmeyiz ama merak duygumuzu hayatımızın her safhasında kullanırız. Merak ettiğimiz her ne ise onu öğrenmeye, tanımaya, anlamaya karşı bir harekete geçeriz. Merakımız bittiği zamansa artık onun bizim için hiç bir önemi kalmaz. Bu bütün yaşamımız ve ilişkilerimiz süresince böyle devam eder durur.

Oysaki bazı insanların merak ettiği konular hiçbir zaman bitmez. Onlar sürekli olarak başkalarının hayatlarında neler olup bittiğini öğrenmek isterler. Kim ne yapmış? Niye yapmış? Yapmış da ne olmuş? Yapmasaymış ne olurmuş? Ben onun yerinde olsaydım böyle yapardım. Sen de şöyle şöyle yapmalısın, gibi konuşmalarla kendi yaşamaları gereken hayatı bir kenara bırakıp, birbirlerinin hayatlarını, kendi bildikleri doğrulara göre yönetmeye çalışırlar. Genellikle de bu yaptıklarında başarılı olurlar.

İşte biraz sonra okumaya başlayacağınız satırlar, insanların bunu niye birbirlerine yaptıklarını merak etmemden dolayı ortaya çıkmıştır. Yıllardır birbirlerine söyledikleri bu sözler nelerdir, bunları hangi durumlarda söylerler ve daha neler söylenebiliri, konu başlıkları altında eğlenceli bir dille anlatmaya çalıştım. Konuların birbiriyle bağlantısı yoktur. Okumaya istediğiniz yerden başlayabilirsiniz.

Hepinize iyi eğlenceler diliyorum.

Hakkımda bilgi.

Ne değilim: Yazar, gazeteci, psikolog, psikiyatrist, toplum bilimci, sosyolog, antropolog, doktor, sanatçı, öğretmen, terzi, kuaför, manken, ses sanatçısı, tarım işçisi ve sayamadığım diğer meslek gruplarının hiçbirinden değilim.

Neyim: Bilim adamlarının söylediklerine göre hayvan türü dediğimiz canlılara az miktarda bir DNA farkı atıp, dişi insan türü olarak dünyaya gelmiş biriyim. Türkiye Cumhuriyeti vatandaşıyım ve okuryazarım.

Özelliklerim ne, nerede yaşıyorum: Mantıklı mantıksız düşünebilen, konuşan, susan, iradesi olan, ama iradesini her zaman her yerde kullanamayan. Bazen duygusal, bazen duygusuz, karar verme yeteneğine sahip olup da bazen kararsız olan, ağlayan, gülen, algılayan, yargılayan, öğrenen, deneyim kazanan, gören, duyan, tat alan, dokunan, hissedebilen, vb gibi bütün insanların sahip olduğu özellikleri taşıyan bir canlı türüyüm. Şu anda Türkiye'nin İstanbul şehrinde gelişimimi sürdürmeye çalışmaktayım.

Yaşım, medeni halim: Kaç yaşındayım sorusuna cevap olarak nüfus kağıdına göre olan matematiksel yaşımı söyleyebilirim. 1 ve 4 sayısını büyükten küçüğe doğru yan yana koyup yazdığınızda bulduğunuz sayı benim yaşımın sayısına eşittir. Medeni durumumu soracak olursanız, daha önce evliydim, şimdilik bekarım. Bu arada 18 yaşında bir oğlum olduğunu söylemeden geçemeyeceğim, merak edenlere duyurulur.

El âlem ne dermiş, neler olurmuş?

Birçoğumuz küçük yaştan itibaren, "Aman dikkat et etrafına! Bak! Sakın bize laf, söz getirtme, ele güne rezil olmayalım, el âlem duymasın, sonra bizim hakkımızda ne der, ne düşünürler?" diye konuşulan bir ortamda büyümüştür. Birçoğumuz hâlâ büyümeye devam ediyor. El âlem büyük adam oldu desin diye okuduk, iş güç sahibi olduk. İşimizi değiştirmek istesek bile, el âlemin edeceği lafların korkusundan belki işimizi değiştiremedik, sevmediğimiz bir işte ömür boyu çalışmaya mahkum olduk.

El âlem evlenmemizi istediği için belki de istemediğimiz insanlarla evlenmek zorunda kaldık. Evliliğimizde mutsuz olmamıza rağmen, el âlemin edeceği lafları duymayalım, ele güne rezil olmayalım korkusuyla istemediğimiz bir evliliği yürütmeye mahkum olduk. Boşanmamızı istemedikleri için kimimiz çok zor şartlar altında boşandı, kimimiz hâlâ boşanamıyor.

El âlem ne der diye çocuk sahibi olduk. Belki bir çocuk sahibi olmak istiyorduk, belki de çocuk istemiyorduk. Ama el âlem ikincisini üçüncüsünü hep istedi ve bize her fırsatta bunu sordu. Eğer hiç evlenmemişsek, sanki başka bir dünyadan gelen birisiymişiz gibi, diğer insanların "Ah zavallı!" diyen bakışları altında ezildik.

Erkek olup da renkli kıyafetler giymek istedik, saçımızı uzatmak istedik, küpe takmak istedik, vay halimize. Kız olup da açık saçık giyinmek istedik, makyaj yapmak istedik, erkek arkadaşlarımızla, kız arkadaşlarımızla rahatça gezmek, eğlenmek istedik, "Yapamazsın," dediler. Sevdik sevildik, sevdiğimizi sevildiğimizi söyleyemedik. Tacize uğradık içimize attık. Haksızlıkları haykırmak istedik, "Kes sesini!" dediler.

Çocukluk çağlarımızda, haklı olduğumuz olaylarda bile, el âlem ne der diye ailemizden dayak yedik, ceza aldık. Ailemize laf, söz gelmemesi için, yaşamak istediğimiz hayatı hiçbir zaman yaşayamadık. Hep başkaları için yaşadık. Yapmak istediklerimizi yapamadık. Dünyada başarılı olmuş, çeşitli alanlarda buluş yapmış olan insanların yaptığı gibi birçok şeyi tekrar tekrar denemek fırsatını çoğu zaman bulamadık. Tekrar denemek istediğimizde ya geri zekalı ya da akılsız, yeni bir şeyler öğrenmek istediğimizde de maymun iştahlı muamelesi gördük. Oysaki öğrenmenin ve anlamanın yolu tekrar etmekten ve denemekten geçer. Ancak bize bu fırsatların çoğu verilemediği için, birçok şeyi anlayamadan ve öğrenemeden bu dünyadan geçip gidiyoruz.

Yıllardan beri, "El âlem ne der?" diye töre cinayetleri işlendi ve hâlâ işlenmeye devam ediyor. İnsanların büyük bir çoğunluğu ele güne rezil olma korkusuyla hasta oluyor, depresyona giriyor, ilaç kullanıyor, alkolik oluyor, bu şartlar altında yaşamaya dayanamayanlar da intihar ediyor. Ne yazık ki, bu ve bunun gibi birçok olay yaşandı, yaşanıyor ve yaşatılmaya devam ediyor.

Bu kitap neye yarar ve nasıl kullanılır?

İnsanlık var olduğu sürece el âlem grubunun olumlu veya olumsuz konuşmaya devam edeceği gerçeğini kabul etmeye yarar. Karşılaştığınız veya değiştirmek istediğiniz bir olay karşısında el âlem grubunun olabilecek duygu, düşünce, yorum ve kararlarını seçenekli olarak bulacaksınız. Kendinize uygun olan yorumları seçin ve eğlenmeye başlayın. Artık el âlem hakkınızda ne der, ne düşünür; biliyorsunuz. Mutlaka size uygun bir yorum vardır. Bütün yorumların birebir aynı olmasını beklemeyin. Hayal gücünüzü kullanarak, siz de, olabilecek yorumları tahmin etmeye çalışın.

El âlem grubu kimlerden oluşur?

Aile büyüklerimiz, uzak, yakın akrabalarımız, uzak, yakın komşularımız, iş arkadaşlarımız, yakın arkadaşlarımız, dostlarımız, bizi hayatında hiç tanımayan ama bir tanıdığımızı tanıyanlardan oluşan insanlar topluluğu. Kısacası herkes.

Kitabı okuduk da eee sonra ne olacak, diyenlere.

Hayatınızda çok fazla bir değişiklik olmasını beklemeyin. Çünkü kitabın yazılma amacı; ihtiyaç duyduğunuz anlarda

"El âlem ne der, ne düşünür?" diye, bakıp tahmin yürüterek eğlenmeniz. Gerisi size kalmış.

Herkesi Memnun Edemezsin.

Hoca komşu köye gitmek için oğluyla birlikte yola çıkar. Yolda bunları gören köyün delisi gülerek:

"Hocam eşeğin boşta ama siz yürüyorsunuz," deyince, Hoca hemen oğlunu eşeğe bindirir. Giderken yolda karşılaştıkları bir ihtiyar:

"Ayıp kardeşim, ihtiyar babasını yürütüyor, kendi eşeğe binmiş," diye Hoca'nın oğlunu yadırgar.

Bunun üzerine Hoca eşeğe kendi biner. Biraz sonra bir grup kadın karşılarına çıkar:

"İnsaf et Hocam, el kadar çocuğu yürütüyorsun kendin eşeğe biniyorsun," derler. Hoca tutar oğlunun elinden ve arkasına oturur. Beraber yola devam ederken katırcı ile karşılaşırlar katırcı:

"Yazık Hocam, zavallı bir eşeğe bu sıcakta iki kişi binilir mi hiç?" Sonunda Hoca dayanamaz, "Hayatta bir kişinin herkesi memnun etmesi mümkün değildir," der ve oğluyla birlikte eşeği sırtlanıp giderler.

Doğdum; el âlem ne der?

1. Ömür boyu sağlıklı mutlu yaşasın. Ailesine, vatanına, milletine, hayırlı bir evlat olsun.
2. Eli ayağı düzgün nur topu gibi bir bebek oldu. Allah bahtını açık etsin.
3. Yaşıtlarına göre çok küçük doğdu. Annesi o kadar çok sigara içmeseydi sağlığına dikkat etseydi böyle

doğmazdı. Bebeğinin sağlığıyla oynadı.

4. Kız istiyorlardı erkek oldu. Cinsiyeti önemli değil buna da şükür etmek lazım, bebeği olmayanlar da var.
5. Erken doğdu diye bizi kandırmaya çalışıyorlar. Biz kaçın kurasıyız. Sekiz aylık bebek böyle mi olur! Alelacele evlenmelerinin sebebi şimdi anlaşıldı.
6. Bütün aile bu çocuğun uğursuz olduğuna inanıyor. Çocuk doğduğu gün babası öldü, anne perişan oldu, sevinci kursağında kaldı. Şimdi kimse çocuğa doğru dürüst bakmıyor. Sanki çocuğun bir günahı varmış gibi davranıyorlar ve sürekli olarak uğursuz bu diye konuşuyorlar.
7. Doğduğuna fazla sevinmesinler. Bebekler belli bir yaşa kadar çok sevimli, çok şirin oluyorlar ama büyümeye başladıklarında, canavarlaşıyorlar. Herkesi parmaklarında oynatmaya başlıyorlar.
8. Annesi gavur, babası Türk Müslüman, ikisi de dinlerini değiştirmedi. Bu çocuk şimdi nasıl büyüyecek? Hangi dini seçecek, ileride bir sürü sorun olacak.
9. Kız olduğu iyi oldu. Kız çocuğunu giydirmek, süslemek, saçını taramak çok zevkli oluyor. Rengarenk kıyafetler, tokalar, etekler, ayakkabılar, oyuncaklar, çok çeşitli şirin şeyler var. Erkek çocuğunu pek fazla süsleyemiyorsun, en fazla kravat ve papyon takabiliyorsun.
10. Zavallı adam (!) bebeği kendinden sanıyor. O hariç, herkes kimden olduğunu biliyor. Biraz etrafına baksa bebek kime benziyor anlayacak.
11. Annesinin karnı burnundayken babası bir gün evden

çıkıp gitti ve bir daha kendisinden haber alınamadı. Ne yazık ki, babasız bir çocuk olarak ömrü boyunca boynu bükük kalacak, belki hiçbir zaman babasını tanıma fırsatı olmayacak. Eğer ilerde ünlü biri olursa mutlaka babası ortaya çıkar, genelde öyle oluyor.

12. Bu çocuk çok bahtsız, doğum sırasında annesi öldü, babası bu acıya dayanamadı aklını oynattı, hastanede yatıyor. Çocuk şimdi onun bunun elinde büyümeye çalışıyor.

13. Koskoca holdingin tek varisi. Prensler, (Prensesler) gibi yetiştirilecek. Müthiş bir hayat onu bekliyor. Şimdiden dünyanın en zengin bebekleri arasına girmiştir.

14. Herkes onun doğumunu dört gözle bekliyordu. Anneannesi, dedesi, babaannesi, torun sahibi oldular diye çok sevindiler. Her yere adaklar adamışlardı. İyi ki doğdun bebek.

15. Ağa oğlu olarak dünyaya geldi ama şimdiden kiminle evleneceği belli. Diğer köyün ağasının kızıyla beşik kertmesi yapmışlar. Allah mesut etsin.

16. Kız oldu ama ilk çocuk erkek olsaydı daha iyiydi. En azından daha çabuk ekmeğini eline alırdı. Annesine babasına bakardı.

17. Hepimiz bebek sayesinde hayata bağlandık. Daha önce hayatımızın bir anlamı yoktu. Ot gibi yaşıyorduk.

18. Erkek adamın erkek damadı olur. Allah mürüvvetini görmeyi nasip etsin.

19. Bir kız bir erkek çocukları vardı zaten. Üçüncü şart mıydı, onlara yeni bir masraf kapısı açıldı.

20. Annesi hamileyken çok dayaklar yedi, çocuk düşer

diye bekledik ama düşmedi, sağlam çocukmuş. Hayatı boyunca bu sağlamlığı devam eder inşallah.

21. Annesine çok genç yaşta tecavüz ettiler. Tecavüzcülerden biriyle evlendi ama psikolojisi çok bozuldu, çocuğa her baktığında o günü hatırlıyormuş. Allah kolaylık versin.

22. Bu çocuk tip olarak bunlara hiç benzemiyor, acaba sütçüden mi? Anladığım kadarıyla bu sütçüler de çok popüler, ayrıca nüfus artışına da katkıda bulunuyorlar, onlar olmasa ne diyecekler acaba? Bakkaldan mı?

23. İlk çocuğun kız olması en güzeli. Kızlar çabuk gelişiyor, erkeklerden daha önce evleniyor. En azından genç yaşta torun torba sahibi olurlar.

24. Üvey babasından hamile kaldı. Aile perişan oldu dağıldı ama çocuğu kabullendiler, hep birlikte büyütüyorlar. Çocuk ileride sormayacak mı, benim babam nerde, diye?

25. On bir tane kardeşi var, ailesi tarlada çalışacak bir ırgat daha doğdu diye bayram yapıyor.

26. Dünya nüfusu sürekli artıyor. Kıtlık, susuzluk, kapıda; her yerde savaş var. Yazık olacak bu çocuğa, hayatta kalmak için çok mücadele etmek zorunda kalacak.

27. Annesi, ailesinin sözünü dinlemedi, kendi istediği biriyle evlendi diye şimdi torunlarını görmek istemiyorlar. Çocuğun ne günahı var? O hiçbir şeyden habersiz bir melek.

28. Güzel bir yüzü ve çok farklı bir enerjisi var. Kimse yanından ayrılmak istemiyor. Ona baktıkça bütün dertlerimizi unutuyoruz.

29. Burnunu annesinden, gözlerini babasından, çenesini dedesinden almış. Aslında hık demiş amcasının burnundan düşmüş. Zekası hangisine benzeyecek bakalım(!)

30. Saçları sarı, gözleri de renkli olacak galiba, bizim sülalede hiç renkli gözlü, sarı saçlı kimse yok. Kimden geliyor bu açık renklilik araştırmak lazım. Annesi araya reklam almış olmasın sakın.

31. Bu bebek farkında değil ama bir yuvayı dağılmaktan kurtardı. Az kaldı annesi ile babası boşanıyordu. Bebek olunca şimdilik vazgeçtiler.

32. İki çocukları vardı. Üçüncüyü istemiyorlardı. Aldırmaya gittiler, doktor, "Alamam, anne için tehlikeli olur," demiş. Kısmet işte, yaşayacak günleri varmış.

33. Bu kadar çirkin bir anne babadan, bu kadar güzel bir çocuk nasıl çıktı anlaşılır gibi değil. Allahın işi işte, akıl sır ermiyor.

34. Çocuk doğduktan sonra tesadüfen babanın kısır olduğu öğrenildi. Annesi korkudan çocuğu bırakıp kaçtı. Babası da babası olmadığını öğrendiği için çocuğa bakmak istemiyor. Şimdi bir aile yakınları çocuğa sahip çıktı. Ne anneler var!

35. Bu çocuğun hayatı çok zor geçecek, benden söylemesi. Çok kalabalık bir ailenin en küçük çocuğu olarak doğdu. Bütün ağabeyleri, ablaları, dayıları, teyzeleri, amcaları, halaları, ona karışacaklar, hiç rahat vermeyecekler.

36. Annesi bu çocuğu çok geç yaşta doğurdu. En büyük kızıyla kırkı karıştı. Bu yaştan sonra çocuğu olduğu için çok utanıyor. Soranlara bir türlü kendi çocuğum diyemiyor.

37. Ne yazık ki, kız olarak geldi bu dünyaya. Çok zorluk çekecek. Keşke erkek olarak doğsaydı.

38. Çocukları olsun diye çok uğraştılar. Yıllar sonra çocukları oldu ama sakat doğdu. Anne baba perişan, "Keşke, sakat olacağına hiç doğmasaydı," diyorlar. Allah düşmanımın başına vermesin.

39. Doğdu da ne oldu? Şimdi görsün dünyanın kaç bucak olduğunu. İçerisi ne rahattı. Ekmek elden su gölden yaşayıp gidiyordu. Öyle güzle bir ortam bırakılıp dışarıya çıkılır mı hiç?

40. Doğmak güzel bir şey olsaydı, bebekler ağlayarak dünyaya gelmezdi.

41. Bu dünyanın çivisi çıkmış. Doğduğuna bin pişman olacak. Ama geri dönüşü yok artık.

42. Zengin bir ailenin içine doğdu. Çok şanslı bir velet, her istediği olacak. Hiç yokluk çekmeyecek. Allah herkese nasip etmez böylesini.

43. Ailenin maddi durumu çok kötü, zar zor geçiniyorlar, diğer çocuklarına da bakamıyorlar. Annesi bunu niye doğurdu hiç anlayamadım. Bebek daha küçükken, "Aldır," dedik ona ama bizi dinlemedi. "Allah istedi," dedi başka bir şey demedi.

44. İyi ki erkek doğdu. Yoksa soyları devam etmeyecekti. Onu zor bir görev bekliyor. Herkesi memnun etmek zorunda kalacak. Bütün ailesi üstüne titreyecek, en iyi okullarda okutacaklar. Her istediğini yapacaklar. Doyumsuz bir çocuk olacak.

45. Annesi gibi inatçı olmaz inşallah. Evlenir evlenmez

çocuk doğurdu, bu kadar acele edecek ne vardı... "Karı koca birbirinizi tanıyın," dedik ama laf dinletemedik.

46. Ne kadar uzun bir ismi oldu, sanki İtalyan ismi gibi. Aile büyüklerini üzmemek için hepsinin istediği isimleri sırayla taktılar. Yazık çocuğa, hiçbir şeyin farkında değil. Büyüyünce zorluğunu anlayacak.

47. Babası kim belli değil. Annesi yasak bir ilişkiden dünyaya getirmiş. Çocuğa acıyorum, bütün hayatı boyunca bu lekeyle yaşamak zorunda kalacak.

48. Çocuk sahibi olabilmek için çok uğraştılar, gitmedikleri doktor denemedikleri yöntem kalmadı. Biraz pahalıya patladı ama sonunda Allah yüzlerine güldü. Analı babalı, sağlık sıhhatli büyüsün.

49. Ne kadar şanslı bir bebek, yıllardır ailede hep kız çocuk doğuyordu. Şimdi el bebek gül bebek büyüyecek.

50. Annesi çocuğu cami avlusuna bırakmış. Bizim komşu buldu. Garibim doğuştan şansız. Çocuk esirgeme kurumuna gidecek. Orada ne şartlar altında yetişecek kim bilir.

51. Kardeşine hayat vermek için dünyaya geldi. Kardeşi ilik kanseri, onu sağlığına kavuşturacak. Yoksa ailesi başka çocuk istemiyordu.

52. Bu bebek, annesini, babasını, büyük bir lekeden kurtardı. Herkes evlendikten sonra çocukları olmadı diye kısır demişti.

53. Çocuğun babası, kız erkek ayırımı yapmadan her çocuk doğduğunda seviniyordu. Bizde niye bu kadar çok sevindiğini sonradan öğrendik. Çocuğu olmayanlara satıyormuş. Bu çocuk kime satılacak, onu nasıl bir hayat bekliyor, hiç birimiz bilmiyoruz. Belki daha iyi şartlar altında yaşar, belki daha kötü.

54. Çocukları olmuyor diye bu bebeği evlatlık aldılar. Büyüdüğünde gerçekleri anlatacaklarmış. İnşallah çocuk doğruyu öğrendiğinde bunalıma girmez, annesini babasını bulmak için evden kaçmaya kalkmaz.

55. Şimdi olacağına evlendiklerinde hemen çocukları olsaydı okula başlamış, kendini kurtarmış olacaktı. Hiç büyük sözü dinlemezler.

56. Annesi ve babası engelli ama çocuk sağlam doğdu. Ne kadar ilginç bir durum. Ne olursa olsun her zaman Allahın dediği olur.

57. Bu dünyada erkek olarak doğmak varmış. Dünya erkeklerin rahatı için yaratılmış bir yer. Gerçi öbür dünya için de öyle diyorlar ama bilinmez.

58. Erken doğdu hepimizi korkuttu. Ne vardı bu kadar acele edecek. Dünya kaçmıyor ya.

59. Annesi çok zor bir hamilelik geçirdi. Bebek annesinin karnındayken ameliyat oldu. Doktorların çoğu ölecek gözüyle baktı ama bebek çok azimli çıktı.

60. Kendisi ilk tüp bebeklerden biri, bütün herkes merak içinde doğumunu bekledi. Daha doğmadan ünlü oldu.

61. Çok kalabalık olarak doğdular. Evde onlara bakabilmek için beş kişi hazır olda bekliyor. Şimdilik bakımı kolay gibi görünüyor ama büyüdüklerinde bu kadar çocukla nasıl baş edecekler, Allah yardımcıları olsun.

62. Annesi çok şanslı, bir avazda hem kız hem de erkek

çocuk sahibi oldu. İkisini bir arada büyütecek, ileride rahat edecek. Artık başka çocuk doğurmasına da gerek kalmayacak.

63. Doğumdan önce annesiyle babası boşandı. Şimdi çocuğu paylaşamıyorlar, sürekli kavga ediyorlar. Böyle bir ortamda çocuk büyütülür mü? Yazık yazık.

64. Annesi onu hapishanede doğurdu. Hiçbir zaman çocukluğunu diğer çocuklar gibi yaşama şansı olamayacak. Bu dünya çok ilginç olaylarla dolu, kimin başına ne geleceği belli değil.

65. Çok kilolu ve uzun boylu bir bebek olarak doğdu. Doğduktan sonra mide problemleri yüzünden hızla kilo kaybetmeye başladı. Doktorlar, "Stresli bir çocuk o yüzden midesi spazm yapıyor," dediler. Yeni doğmuş çocuklarda bile stres var, inanılır gibi değil.

66. Bir medya çocuğu daha oldu, herkes şimdiden konuşmaya başladı. Medyanın gözü önünde büyüyen çocuklara üzülüyorum. Doğru dürüst çocukluklarını yaşayamıyorlar. Şans mı? Şansızlık mı?

67. Annesi genç, babası çok yaşlı, neredeyse dedesi yaşında, babasını pek tanıma fırsatı olamayacak herhalde. Bu kadar yaşlı bir adamın nasıl çocuğu olur diye herkes birbirine soruyor. Adam çok zengin olunca oluyor.

68. Doktor aileyi baştan yanılttı, ultrasonda çıkan görüntülerine göre erkek olduğunu söyledi. Bütün hazırlıklar erkek çocuğa göre yapıldı. Babası erkek olacak diye havalara girdi. Doğumda kız çıkınca ailesi hastaneyi birbirine kattı. Çocuğun karıştığını zannettiler ama karışmamıştı. Arkadaşları babayla çok dalga geçti, "Doktor herhalde çocuğun serçe parmağını gördü," dediler.

69. Doğduğunda herkes çok sevindi ama çocuk bir süre sonra hastalandı, sebebini bir türlü bulamıyorlar, hastanede tedavi görüyor. Bu küçücük yaşında çok acılar çekiyor. İnşallah en kısa sürede sağlığına kavuşur.

70. Çok güzel bir bebek olarak doğdu. Yüzüne bakmaya kıyamıyoruz. Allah bahtını açık etsin.

71. Aşk çocuğu olarak doğdu. Annesi babası birbirlerine âşık olarak evlendiler. İsteyerek çocuk sahibi oldular, çok mutlu bir evlilikleri var. Allah herkese böylesini nasip eder inşallah.

72. Alkolik bir ailenin çocuğu olarak doğdu. Evde her gün kavga kıyamet kopuyor. Şimdi bir şey anlamıyor, etrafına gülücükler saçıyor ama büyüdüğünde keşke beni doğurmasaydınız, diye isyan edecek.

73. Çocuk babayı eve bağladı. O doğmadan önce akşamları evine çok geç geliyor veya hiç gelmiyordu. Şimdi çocuğunun başından bir an olsun bile ayrılmıyor.

74. Anne babası ile arasında çok yaş farkı var. Gençlik dönemi onların yaşlılık dönemiyle çakışacak, bakalım neler olacak.

75. Çok çirkin, kara kuru bir bebek olarak doğdu ama annesi babası ballandıra ballandıra ne kadar şirin bir çocuk olduğunu her fırsatta söylüyorlar. Kuzguna yavrusu şahin görünürmüş.

76. Menopoz çocuğu oldu. Ablası, ağabeysi, annesi, babası çok sevindi. Bize eğlence çıktı diyorlar.

77. Bu kadar güzel bir yüz görmedim, Allah özenmişte yaratmış. Reklamcılar görse kesin televizyona çıkarmak

için çocuğun peşine düşerler. Eğer ailesi izin verirse şimdiden para kazanmaya başlar bile.

78. Çocuk doğduğunda altın takmak adettir ama bunlar biraz abartı, çocuk şimdiden köşe oldu, geleceğini garanti altına aldı. Bereketli çocuk.

79. Doğumundan iki gün sonra sünnet olmak zorunda kaldı. Ailesi düğün yapamayacağız diye çok üzülüyor. Erkek çocuğu için sünnetini hatırlamak çok önemliymiş, ömür boyu unutulmayacak bir anıymış. Büyüdüğünde kıyafet giydirip yaparlar, ne fark eder, illaki aynı anda kesilmiş mi olması gerekiyor...

80. Annesi altı ay boyunca hamile olduğunu anlayamamış. Çocukları olduğu için başka çocuk istemiyorlardı. Sürpriz yaptı.

81. Bebek iki aileyi birleştirdi. Yıllar önce annesinin ailesi ile babasının ailesi kavga etmiş, görüşmüyorlardı, torunları olunca dayanamadılar, barıştılar.

82. Anne babası çok genç, birlikte büyüyecekler. Ne güzel, ileride aralarında nesil farkı yüzünden çekişme olmayacak. Genç anne baba olmanın faydaları.

Çocuğum.

1. Bunu kesinlikle ya cami avlusunda buldular ya da evlatlık aldılar. Huy olarak bizim aileden kimseye benzemiyor. Ben hayatımda böyle yaramaz bir çocuk görmedim. Allah yardımcıları olsun. Çocuk değil sanki canavar.

2. Küçük cadının konuşma şekli, bilmişliği, huyu tıpkı

annesinin küçüklüğüne benziyor. Boyuna posuna bakmadan herkese çok çektiriyor, milleti parmağında oynatıyor.

3. Babası gibi müzisyen olacak herhalde. En büyük eğlencesi, tencereleri, tavaları birbirine vurup ses çıkarmak. Armut dibine düşer.
4. Ablası gibi hanım hanımcık bir kız olsaydı, ama nerde onda o asalet, ortalığı birbirine katıyor. Hiç söz dinlemiyor.
5. Çok akıllı maşallah yaşından büyük laflar ediyor. Onunla konuşurken bir anda büyük bir insanla konuşuyormuş gibi oluyorsun.
6. Sakat doğdu diye ailesi çocuğu kimseye göstermiyor, kapı dışarı çıkarmıyor. Çocuğun geleceğiyle oynuyorlar.
7. Sırtında çok büyük bir yükle doğdu, annesi çok hasta, babası öldü. Belli bir yaşa geldiğinde kardeşlerine bakmak için çalışmak zorunda kalacak.
8. Yeni nesil çocuklarının hepsi bilgisayar ve cep telefonu bağımlısı olmuş. Bizim zamanımızda öyle miydi, bir büyük geldiğinde eli öpülür hoş geldin denirdi, selam verilirdi. Selam vermelerinden vazgeçtim, yüzüme bile bakmıyorlar. Gözü ya cep telefonunda ya da bilgisayarda, yakında mesajlaşmaktan, konuşmayı unutacaklar. Geleceğimiz bunlara emanetmiş, bizi nasıl bir gelecek bekliyor çok merak ediyorum doğrusu.
9. İlk çocuk olmanın zorluklarını şimdiden yaşamaya başladı. Kendisi daha küçücükken ailesi onu bir anda büyüttü. Çocukluğunu yaşayamadan büyük oldu.

10. "Büyünce ne olacaksın?" dediğimizde, "Gelin olacağım," diyor. Etrafındaki insanlar öyle konuşuyor herhalde, ne yapsın yavrucak, duyduğunu söylüyor.

11. Ailesi bu çocuğu çok şımartıyor, buldumcuk olmuşlar. Büyüdüğünde hepsinin başına dert olacak. Sonra çok üzülecekler.

12. Çocuk evinin yolunu unuttu, sokaklarda arkadaşlarıyla geziyor, serseri oldu, farkında değiller.

13. Sürekli hareket halinde, hiç durmuyor, enerjisi çok fazla olan bir çocuk, ailesi artık baş edemiyor, ne yapacaklarını şaşırdılar. Hiperaktif olabilir, bir pedagoga gitmeleri gerekiyor.

14. Çok güzel okuyor, büyüyünce ne olacak acaba, doktor mu, mühendis mi, avukat mı?

15. Arkadaşları takdirle, teşekkürle geçiyor. Bu sınıfı zar zor geçiyor. Okumaya hiç merakı yok, annesi babası özel okula özel öğretmenlere boşuna para harcıyor. Çocuğun içinde olmalı, içinde.

16. Yaşıtlarından çok ufak tefek, doğru dürüst yemek yemiyor. Ailesi yemek yedirmek için peşinden koşuyor. Annesine, "Bir gün aç bıraksan sonra kendi yemek isteyecek," diyoruz ama dinletemiyoruz. Çocuğu açlıktan ölecek zannediyor. Bizler bu konu da tecrübeliyiz, kaç tane çocuk büyüttük.

17. Babası çocuğa sürekli olarak, "Göster bakalım amcalara, teyzelere görsünler benim oğlumunki nasılmış," diyor. Çocukta hiçbir şeyin farkında değil tabii ki, normal bir durum sanarak önüne gelene gösteriyor, babasının dediğini yapıyor. İleride sapık olacak farkında değil, o zaman da çocuğuna sapık diye kızacak.

18. Biraz büyüsün babası onu futbol takımına yazdıracakmış. "Benim oğlum topçu olacak, hepimizin hayatını kurtaracak," diyor. Çocuğun bacakları çarpık çurpuk olacak, boyu da kısa kalacak, halbuki baskete verse en azından boyu uzar, basketçiler de artık futbolcular kadar iyi para kazanıyor.

19. Annesi her zaman, "Bir kızım olsun da ne olursa olsun," dedi, sonuncusu kız oldu fakat kızın akli dengesi yerinde değil. Allahtan her zaman hayırlısını istemek lazım, şimdi söylediklerine bin pişman oldu ama iş işten geçti. Diğer çocuklarının hepsi erkek, yaşlanınca ona belki bakmazlar düşüncesiyle yıllarca kız çocuk istedi. Şimdi ömür boyu o kızına bakmak zorunda kalacak.

20. Büyükleri, ona, "Erkek olman için büyüdüğünde ucundan biraz kestirmen lazım, yoksa erkek adam olamazsın," diyorlar. Şaşkın şaşkın etrafına bakınıyor ne dediklerini anlayamıyor.

21. Çocuk dört yaşına geldi henüz konuşmuyor. Sadece garip sesler çıkarıyor. Sağır veya dilsiz olabilir, bir doktora götürmek lazım.

22. Yaşıtlarının yaptıklarını yapamıyor, acaba bir zeka geriliği mi var? Yoksa başka bir şey mi?

23. Çok zeki bir çocuk, ailesini hiç mahcup etmiyor, sınıflarını hep iyi derecelerle bitiriyor. Allah herkese böyle çocuk nasip etsin.

24. Okul başladığından beri sürekli problem çıkarıyor, arkadaşlarını dövüyor, öğretmenlerine cevap veriyor,

okula gitmek istemiyor. Yazık, şimdiden annesi babası perişan oldu. İleride ne olacak bakalım.

25. Bütün gün resim çiziyor, başka bir şeyle ilgilenmiyor. Resme çok kabiliyeti var, belki ileride ünlü bir ressam olur.

26. "Sen erkek çocuksun, erkekler karı gibi ağlamaz," diyorlar. Çocuğun ağlamasına bile izin vermiyorlar. Yeni bir psikopatımız oluyor, hayırlı olsun.

27. Öğretmenleri, "Çok akıllı bir çocuk ama aklını hiç kullanmıyor, istese okulda çok başarılı olur," diyorlar.

28. Erkek diye kendinden büyük ablalarına dayak atıyor. Kimse sesini çıkarmıyor. Evde ne görürse onu yapıyor.

29. Annesi çocuğu kendine çok bağımlı yetiştiriyor. Annesine sormadan hiçbir şey yapamıyor. İleride ne olacak bu çocuğun hali, düşünmek bile istemiyorum.

30. Yaşına başına bakmadan çok güzel dans ediyor. Büyüyünce dansöz olacak herhalde.

31. Bu neslin çocukları tüketici olmuş. Çok para harcıyorlar, paranın kıymetini hiç bilmiyorlar.

32. Çocuk dediğin biraz yaratıcı olmalı. Kendi kendine yeni oyuncaklar yaratmalı, biz eskiden öyle yapardık. Aileler çocuklarına zarar veriyorlar, farkında değiller. Çocuklarının yaratıcılıklarını öldürüyorlar. Oyuncağa verilen paraya acıyorum.

33. Ne istediğini bilen bir çocuk. Sanki büyümüş de küçülmüş. İki yaşından beri kendi kıyafetlerini kendi seçiyor, başkasının önerilerini kabul etmiyor.

34. Dört yaşına geldi hâlâ altı bezli. Her şeyi konuşuyor

ama bir tek onu söylemiyor. Çocuğun doktoru, "Sıkmayın, üstüne düşmeyin, nasıl olsa bir gün söyleyecek, şu anda etrafınızda büyümüş ve hâlâ bez kullanmakta olan birileri var mı?" diyor.

35. Çok çirkin ama bir o kadar da tatlı dilli. Konuşmalarıyla herkesi gülmekten öldürüyor. Büyünce komedyen olacak herhalde.

36. Çok mantıklı, çok soru soran bir çocuk. Her şeyi mantıklı olarak açıklarsan, sözünü dinletebiliyorsun, baştan savma cevaplar verirsen, kesinlikle seni dikkate bile almıyor, kendi bildiğini yapıyor. Bilmiş şey.

37. Şimdiden çapkınlığa başladı. Ne zaman genç ve güzel bir kız görse hemen onun yanına gidip orasını burasını mıncıklamaya, sonra da suratına hayran hayran bakmaya başlıyor.

38. Düzenli, tertipli bir çocuk, odasını hiçbir zaman dağınık göremezsin. Oyunu bittikten sonra oyuncaklarını hemen yerlerine kaldırıyor. Ailesi çok şanslı.

39. Sınıftan birine âşık olmuş ona sürekli şiirler, mektuplar yazıyor. "Biz büyüyünce evleneceğiz," diyor. Televizyonda gördüklerini taklit ediyor. Televizyon çocuğu olmuş bunlar.

40. Erkek çocuk olmasına rağmen mutfak işlerine meraklı, yemek yapmayı çok seviyor. Aşçı olacak herhalde.

41. Okula başlamadan okuma yazmayı kendi kendine öğrendi. Birinci sınıfta çok zorluk çekecek.

Ergenim.

1. Herkes okuyacak, büyük adam olacak, çok paralar kazanacak, diye bir şey yok. Bir yere çırak olarak versinler, en azından bir mesleği olur, ekmeğini eline alır.
2. "Müzisyen olacağım," diye tutturdu. Ailesinin uykuları kaçtı, "Bizim çocuğumuz serseri olacak, saçını uzatacak, küpe takacak. Biz şimdi ne yapacağız, insanlara ne söyleyeceğiz?" diye dövünüp duruyorlar.
3. Babası öldükten sonra bütün yük annesine kaldı. Kadıncağız zor şartlar altında çocuklarını büyütmeye çalışıyor. Büyüğü çok iyi okudu, işe başladı. Şimdi küçüğü de yüksek puanla eğitim burs kazandı. Allah herkese böyle hayırlı evlat versin.
4. Hiç utanmadan sıkılmadan gencecik ciğerlerine sigara dumanı çekiyorlar. Hepsi birbirinden özeniyor. İleride çok zararını görecekler ama iş işten geçmiş olacak.
5. Kızlarını okutmak için her şeyi yaptılar ama kız okumadı. Şimdi bir yerde işe girdi, meslek öğreniyor.
6. Akılları bir karış havada. Sen konuşuyorsun ama seni dinledikleri bile yok sanki boşluğa bakıyor gibiler. Söylediklerin bir kulağından girip öbür kulağından çıkıyor.
7. Ailesine her gün bağırıyor, küfürler ediyor. Anne babası perişan oldu. Bir gün annesinin üzerine yürüdü, dövecekti, zor aldık elinden. Allah düşmanımın başına böyle hayırsız evlat vermesin.
8. Bir an önce büyümek istiyorlar. Özellikle kızlar ken-

dilerini büyük gösterebilecek ne varsa öyle giyinmeye, davranmaya çalışıyorlar. O güzelim saçlarına kıyıp boyatıyorlar. Otuz yaşına gelince ne yapacaklar, çok merak ediyorum. Tabii hâlâ kafalarında saç kalırsa.

9. Babası yaşındaki adama âşık oldu. Adam da kızı sürekli kullanıyor. Ağabeyleri duyarsa kesin kızı da, adamı da öldürürler, gazetelere üçüncü sayfa haberi olurlar.
10. Anne babası ayrı, annesi başka bir adamla oturuyor. Babası yurtdışında yaşıyor. İkisi de çocuklarıyla ilgilenmiyor. Hepimiz acıyoruz ama bir şey yapamıyoruz. Çok karışık bir ailenin içinde ergenliğini yaşamaya çalışıyor.
11. Kız gibi renkli renkli kıyafetler giyiyor. Erkek adama renkli kıyafet olur mu hiç? Erkek dediğin koyu renk kıyafet giyer. Sonra herkes alay edecek, "O biçim olmuş bu," diyecekler.
12. Arkadaşları uyuşturucu batağına düşmüş, bunu da çekmeye çalışıyorlarmış. Köşe başlarında bir şeyler içiyorlarmış, görenler var.
13. Kızların çoğu açık saçık giyiniyor, her tarafları meydanda, gayet rahat dolaşıyorlar. Sonra da, "Tecavüz olayları niye arttı?" diyorlar. Sen böyle gezersen; adam da saldırır tabii ki, namuslu ol biraz da, edepli giyin.
14. Karşılıksız aşka düştü, içkiye başladı, okul hayatı, ev hayatı alt üst oldu. Gençliğinin en güzel çağlarında tedavi görmek için hastaneye yatırdılar.
15. Babasından gizli araba kullanıyordu, kaza yaptı, birkaç gün içeri attılar. Bu yaşta hapishaneyle tanıştı.
16. Gencecik çocuğu, annesi yaşındaki bir kadın ağına

düşürdü. Annesinin gitmediği hoca kalmadı. Kadın buna ne yapıyorsa bilmiyoruz, çocuğun gözlerinin altı çöktü, okul hayatı allak bulak oldu. Sadece kadını düşünüyor, başka bir şey yapmıyor.

17. Ailede yaşanan problemlerden dolayı bölücü bir örgüte katıldı. Kurtarmaya çalışıyor ama nafile. Evde dirlik düzen olmazsa gençler kendilerine başka çıkış noktaları ararlar.

18. Çok nazik bir genç olduğu için bütün arkadaşları, o biçim olmuş, diye dalga geçiyorlar. Çeşitli lakaplar takıyorlar. Çocuk içine kapandı, problemler yaşamaya başladı. Şimdi psikiyatrik tedavi görüyor.

19. Güzel bir genç kız oldu. Bütün erkekler peşinde koşuyor. Babası da bu durumun farkında, kızına bir dakika rahat vermiyor. Telefonuna gelen mesajları gizlice okuyor. Kılık değiştirip kızının peşine takılıyor.

20. Ailesinin parasına güveniyor, doğru dürüst okumuyor. Üzerinde kesici aletlerle geziyor. Şimdiden bir çete kurmuş, yakında sokak serserisi olacak. Ailesi de kulağının üstüne yatmış, hiçbir şey fark etmiyor.

21. Genç kız dediğin biraz saygılı olur. Bunların hiçbirinde saygı kalmamış. Ellerinden sigara, ağızlarından küfür eksik olmuyor.

22. Uzakdoğu sporlarına merak sarmış, bir türlü vazgeçiremedik. Her dakika yeni bir şeyi merak ediyor, onu yapmaya kalkıyor. Ailesi artık isteklerine yetişemez oldu.

23. Gencecik kız, sevgilisiyle beraber oldu, hamile kaldı. Ailesi durumu öğrenince hemen çocuğu aldırdı. Kızlarını da yurt dışına gönderdiler.

24. Aynı babasının hareketlerini taklit ediyor. Babası olmadığı zamanlarda evde annesine ve ablasına saygısız davranıyor. Yaşına başına bakmadan, "Bu evin reisi benim," diyor.
25. Ünlü olacağım diye evden kaçtı. Ailesi kızı evlatlıktan ret etti. Duyduğumuz kadarıyla bir pavyona düşmüş, orda çalışıyormuş. Çocuğu doğurması kolay ama sahip çıkması zor, ne olursa olsun çocuk onların çocuğu, böyle başıboş bırakmak olmaz. Yukarıda Allah var.
26. Dizilerde, reklamlarda oynamaya başladığından beri havalara girdi. Ailesi, çocukları para kazanıyor, bütçeye katkıda bulunuyor diye seslerini çıkarmıyorlar. Sonra çocuklarını kaybedecekler ama iş işten geçmiş olacak. Küçük yaşta şöhret olanların düştükleri durumları her gün medyadan izliyoruz.
27. Eve kız arkadaş getirmeye başladı. Annesi karşı çıksa da babası destek veriyor. "Benim oğlum erkek adam, yapacak tabii ki," diyor.
28. Derslerinde çok başarılı, çok saygılı bir çocuk ama hiçbir şeye karşı ilgisi yok. Arkadaşları inek adını takmış, dalga geçiyorlarmış.
29. Çocuğu döve döve içine kapanık yaptılar. Kimseye karşı gelemiyor. Okuldan her gün dayak yiyerek geliyor.
30. Annesi sürekli okulda, çocuk bir gün bile olay çıkarmadan duramıyor. Okul müdürü okuldan atmaya kalktı, tanıdıklar araya girince şimdilik vazgeçti.
31. Çok kalabalık, orta halli bir ailede yetişiyor. Çocuk sporda çok başarılı, eve ödüllerle dönüyor ama kimsenin umurunda değil. Bizimkiler ödül alsa yedi mahalle

duyar herhalde.

32. "İşe girip çalışacağım, para kazanacağım," diye tutturdu. Ailesi okumasını istiyor ama bir türlü söz dinletemiyorlar.

33. Ne okumak istiyor, ne de çalışmak, bıraksan bütün gün uyuyacak. Yataktan çıkmak istemediğini söylüyor. Çocuğu da kendileri gibi problemli yaptılar. Her şey ailede başlar.

34. Aile fertleri birbirlerine katlanabilmek için her yemekten sonra sakinleştirici hap alıyor. Psikologları öyle demiş, başka bir yolu yokmuş.

35. Bir gün bile kurallara uyup da okula formasıyla gitmedi. Müdür görünce okula almıyor, doğru evine gönderiyor. Devamsızlıktan dolayı okuldan atılacak, eğitim şansını kaybedecek ama umurunda bile değil. Bu ülkede okumak isteyip de okuyamayan milyonlarca genç var. Ne yazık ki, bu zibidiler sahip oldukları imkanların farkında bile değiller.

36. Dersleri çok kötü, okulda başarısız, ailesi hâlâ okuyacak diye umut ediyor. Özel hoca tutmuşlar, ders aldırıyorlar.

37. Özel okulda okuyor. Cebindeki harçlık asgari ücretten fazla. Dünyaları ben yarattım, der gibi etrafta dolaşıyor. Böyle havalı çocukları alıp köye götüreceksin, oradaki yaşam şartlarını göstereceksin, bir müddet orada yaşatacaksın ki, hanyayı konyayı anlasınlar.

38. Görsen, acırsın haline para verirsin. Üzerindekiler yırtık pırtık, dilenci gibi dolaşıyor. Bir de o kıyafetlere dünyanın parasını veriyormuş. Modaymış, biz anlamazmışız.

39. En kritik yaş dönemlerindeler. İlişkide olduğu kişiler onları ne yöne çekerse oraya gidebilecek durumdalar. Seçimleri doğrultusunda ya adam olacaklar, ya da baş belası.
40. İkisi de ne yaptığının farkında değil, ileride mutlaka bunun acısını çekecekler. Birbirlerine âşık oldukları için okulu bırakıp kaçtılar. Aileler çocukların peşine düştü, sonunda buldular, fakat ikisini de geri dönmeye ikna edemediler. Gençlik işte, akılları bir karış havada.
41. Çocuğun üstünde kurdukları baskı yüzünden gencecik çocuk intihar etti. İntihar etme sebebi de karnesinde zayıf olmasıydı. Şimdi çocuksuz kaldılar, "Keşke yapmasaydık," diyorlar ama geri dönüşü yok artık.
42. Çok fakir bir ailede yetişiyor ama okul birincisi oldu. Hem çalışıp ailesine bakıyor, hem de okul birincisi oluyor. Bizim zıpırlara ders olur inşallah.
43. "Yurt dışına kaçak olarak gidip orada yaşayacağım, bu ülkede bize hayat yok," diyor. Harçlıklarını biriktiriyormuş, kendine sermaye yapacakmış. Gençlik işte, dünyayı tozpembe görüyorlar.
44. Aile içi kavgalar bir gencin daha bu dünyadan göçüp gitmesine sebep oldu. Ailesine bıraktığı mektupta, "Benim yüzümden sürekli kavga ediyorsunuz, eminim ki aranızdan gittiğimde kavgalarınız artık son bulacak," diye yazmış. Ailesi başını taşlara vuruyor ama iş işten geçtikten sonra neye yarar.
45. Özel okulda okuyorlar diye öğretmenlerine saygı

göstermiyorlar. "Sizin paranızı biz ödüyoruz, biz ne istersek o olur, bize ona göre davranın, yoksa başka okul aramak zorunda kalırsınız," diyorlarmış.

46. Saçlarını uzatmaya çalışıyor. Her gün ailesiyle kavga kıyamet kopuyor. Erkek adam uzun saçlı olur mu hiç? Kız çocuğu mu bu?
47. Kulağını deldirmiş, küpe takmış. Babası neredeyse kalp krizi geçirecekti. "Eskiden padişahlar da küpe takardı," diye, bir de kalkmış hepimize tarih dersi veriyor.
48. Dövme yaptırıp piercing taktırmış. Ailesi neredeyse evden kovuyordu. Oralarını buralarını deldirmekten ne zevk alıyorlar bir türlü çözemedim.
49. Evdeki huzursuzluk yüzünden evden kaçtı, üç gün sonra bulundu. Tinercilerin arasında yaşamış, Allahtan bir zarar görmemiş.
50. Kızı, erkeği fark etmez, bu zaman hepsi için çok tehlikeli. Annenin babanın gözü açık olacak, bir saniye bile çocuklarını başıboş bırakmayacaklar, hafiye gibi takip edecekler. Yoksa başlarını duvarlara vururlar.
51. Sokakta ne hayvan bulsa eve getiriyor. Ailesi hayvanları istemedi diye açlık grevi yaptı. Onlar da bu duruma dayanamayıp kabul ettiler. Ne akıllı çocuk, dediğini yaptırdı.
52. Birazcık ablasına benzese içim gam yemeyecek. Suratındaki makyajla on kişi boyanır. Cildine hiç dikkat etmiyor, çok erken yaşta buruşacak.
53. Sivilceleri var diye herkese dünyayı dar etti. Gitmediği doktor, kullanmadığı ilaç kalmadı. Hatta bir keresinde intihara bile teşebbüs etti, zor kurtardılar.

Bütün problemi yüzündeki sivilceleriymiş, çok çirkin görünüyormuş.

54. Ailesi çok iyi eğitim almış, kendini bilen insanlar olmasına rağmen çocuklarına söz geçiremiyorlar. Kötü arkadaşlarından bir türlü koparamıyorlar. Çocuğun aklı fikri serserilikte, ailesine hiç yakışmıyor.

55. Yeni bir moda başlamış. Gençler bir şeye kızınca kendi bedenlerine zarar veriyorlarmış. Kollarını jiletle çizmiş bir sürü genç gördüm. Hepsi psikopat olma yolunda. Allah herkesi korusun.

56. Evde her gün kıyamet kopuyor, annesi yıkan diyor, bizim ki yıkanmıyor. Pislikten çocuğun etrafında sinekler dolaşmaya başladı. Psikoloğu, "Kendi haline bırakın, bir dönem ergenler böyle olur, pislik dönemine girerler, sonra çıkarlar," demiş. Pislik döneminden sonra evi bir güzel ilaçlatmak lazım.

57. Ailesinin maddi durumu iyi olmadığı için ailesini beğenmiyor. Her fırsatta onları aşağılıyor, ayrıca, "Beni niye doğurdunuz, keşke doğurmasaydınız, arkadaşlarımın her şeyleri var, benim hiçbir şeyim yok, benim onlardan neyim eksik?" diye, her gün bağırıyor. Karı koca zar zor para kazanıp çocuklarını okutmaya çalışıyorlar, şu densizin yaptığına bak. Herkesin maddi durumu iyi olacak diye bir şey yok. Ceviz kabuğundan çıkmış, kabuğunu beğenmemiş.

58. Tıpkı dayısına çekmiş, onun gibi serseri, dersten başka her şeye kafası çalışıyor. Özellikle kız tavlama konusunda bir numara. Okulda çıkmadığı kız kalmadı.

59. Şimdiki gençlerin aşkını anlamak bizim için çok zor.

Her gün başka biriyle çıkıyorlar, en uzun ilişkileri bir hafta sürüyormuş. Herhalde fast food sayesinde oldu bunlar, her şeyi çabuk tüketmeyi öğrendiler. Bizim zamanımızda öyle miydi, biri birisine çıkma teklifi yapabilmek için en az altı ay uğraşırdı. Bazen teklifte bulunamadan okul biterdi.

60. Liseyi bitirdikten sonra doğru kocaya verin, evinin kadını olsun. Kadın kısmının daha fazla okuması doğru değil. Eğer çok istiyorsa biçki dikiş kurslarına verirsiniz, kocasına giyim masrafı çıkartmamış olur.

61. Gençlik sanal bir dünyada yaşamaya başladı. Sohbet etmeyi, bir şeyler hakkında konuşmayı bilmiyorlar. Bütün gün msn'de kendi geliştirdikleri garip bir Türkçe ile yazışıyorlar. İleride evlikleri ve çocukları da sanal olacak herhalde. Aslında bir bakıma iyi olur, en azından dünya nüfus artışını engellemiş olurlar.

62. Genç kız oldu, bir çocukla çıkmaya başladı. Etraftan görenler olmuş, el ele, kol kola geziyorlarmış. Ailesi çok tutucu, onlardan birinin kulağına giderse kızı kesin ya eve kapatırlar ya da köye gönderirler.

63. Okulda hocasını dövdü, okuldan atıldı. Bu yüzden bütün eğitim hayatı sona ermiş oldu. Biraz sinirlerine sahip olabilseydi, geleceğini tehlikeye atmamış olurdu.

64. Evin işlerine yardım etmek diye bir şey yok. Sadece çok güzel dağıtmayı biliyorlar. Sorduğun zamanda, "Ben dağınıklığı seviyorum, ben böyleyim," diye utanmadan cevap veriyorlar.

65. "Motor istiyorum, arkadaşlarımın motoru var, benim

niye olmasın?" diye tutturdu. Ailesi bu sevdadan vazgeçirebilmek için elinden geleni yapıyor ama nafile, kimsenin sözünü dinlemiyor.

66. Yaz tatillerinde birinin yanına çalışmaya verin. Üç beş kuruş harçlık yapsın, hem de çalışma hayatının zorluklarını görsün. Para kazanmanın kolay olmadığını anlasın. Belki o zaman daha dikkatli para harcar, isteklerini daha farklı bir dille anlatır.
67. Özel okulda okuyor, yine de ailesinin kıymetini bilmiyor. Onun sahip olduğu imkanlara acaba kaç genç sahip, bir düşünmesi lazım.

Mesleğimi seçiyorum; el âlem ne der?

1. Sanata çok meraklı yetenekli bir genç, fakat ailesi kesinlikle sanatçı değil doktor olmasını istiyor. Tıp fakültesini kazandığı takdirde son model bir araba alacaklarını söylüyorlar. Çocuğu şimdiden rüşvete alıştırıyorlar farkında değiller.
2. Kendisi doğuştan şanslılardan biri olduğu için aile şirketinde çalışacak. Hiçbir zaman yaşıtları gibi meslek seçme, para kazanma derdinde olmayacak.
3. Küçüklüğünden beri mühendis olmasını istediler ama o gitti veterinerlik fakültesini kazandı, hayvan doktoru olacak. Sanıyor ki karşısına hep kedi köpek çıkacak. Köye bir gitsin, oradaki hayvanları bir görsün, o zaman anlayacak nasıl bir meslek seçtiğini. Büyüklerinin sözünü dinlemedi, inşallah hayvanların arasında çok ünlü bir baytar olur (!)

4. Okul hayatında çok başarılıydı. Ailesi üniversiteye iyi bir puanla girmesini, onların uygun gördüğü bir mesleği seçmesini bekliyordu. Fakat ailesinden intikam almak için sınav sorularının hiç birine doğru cevap vermedi. Ailesine, ben istediğimi yaparım, bana bundan sonra karışamazsınızın, dersini vermiş oldu.
5. Tiyatroya çok merakı vardı. Tiyatrocu olmak için yetenek sınavına girdi ve kazandı ama gidemedi. İyi ki de gidemedi. Bu gün tiyatrocuların birçoğu para sıkıntısı çekiyor. Bir an önce ekmeğini eline almak istiyorsa mutlaka büyüklerinin izinden yürümeli.
6. Benim çocuğum okusaydı psikiyatrist olmasını isterdim. Özellikle bu zamanda çok para kazanıyorlar. Eskiden deli doktoru diye kimse pek gitmek istemezdi. Şimdi durum değişti, artık neredeyse herkesin bir psikiyatristi var, ona sormadan bir şey yapmıyorlar. Artık psikiyatristler ailenin yeni birer üyesi oldu.
7. Kaldırım mühendisliğine kayıt yaptırmış. Bütün gün aylak aylak geziyor, nasıl bir üniversitede okuyor ben anlayamadım. Yedi sene oldu hâlâ üniversiteyi bitiremedi. Babası her gün cebine yüklü bir miktar harçlık koyuyor, doğal olarak çalışmak zorunda da kalmıyor.
8. Onun okumak ve meslek seçmek gibi bir sorunu olmadı. Küçük yaştan itibaren evine bakmak zorundaydı. Başarılı olmasına rağmen orta öğretimi sırasında okuldan alınıp araba tamircisinin yanına çırak olarak verildi.
9. Kendi istediği mesleği seçecekmiş ve o konuda eğitim veren bir üniversiteye girecekmiş. Kendisi için hangi

mesleğin doğru olduğunu bilemez ki o. Ancak büyükleri onun yerine doğru olan kararı verebilir.

10. Bugüne kadar büyüklerinin bir dediğini iki etmedi. Ailesi eczacı olmasını istedi o da eczacılık fakültesini kazandı. Allah herkese böyle hayırlı bir evlat versin.
11. Herkes bir unvanım olsun diye tutturmuş. Adının önünde avukat, doktor, mühendis yazıyor olması bu kadar önemli mi? Para kazanmanın bir sürü yolları var. Önemli olan her şart altında para kazanabilmeyi öğrenmektir.
12. Saygın bir ailenin çocuğu, dans etmeyi çok sevdiği için dansçı olmak istiyordu. Bütün sülalesi bu isteğine karşı çıktı, izin vermediler. Ailesini seven, düşünen bir insanın, mesleğini seçerken toplum karşısında ne duruma düşeceğini de hesap etmesi gerekir.
13. Doğru dürüst kendine yaraşır bir meslek seçsin, onun istemesiyle olmaz bu iş. Evlenmek istediği zaman kızın ailesi sorar: "Ne iş yapar? Mesleği nedir? Ayda kaç para kazanır? Evini geçindirebilir mi?" Ne diyecek bu sorulara?
14. Seçebileceği çok fazla meslek yok aslında. Doktor, mühendis, mimar, avukat olabilir, bunların dışındakilerde para kazanma şansı pek olmaz.
15. Küçüklüğünden beri öğretmen olmak istedi, hiçbir şekilde isteğinden vazgeçmedi. Öğretmenliğin fazla para getiren bir meslek olmadığını anlatmaya çalıştık ama maalesef dinletemedik.
16. Kaç defadır üniversite sınavına giriyor, bunun için harcadıkları paraya yazık. Hâlâ istediği bölüm olmadı

diye yine girmeye devam edecekmiş. Puanının tuttuğu bir yere girse en azından vakit kaybetmemiş olur.

17. "Yurt dışında okuyacağım," diye tutturdu. Türkiye'nin suyu mu çıktı. Burada da çok güzel üniversiteler var. Yurt dışına gidip de ne yapacak? Oralar da serseri olacak.

18. Eğer ömür boyu rahat etmek istiyorsa üniversitede seçeceği bölümü çok iyi düşünmeli. Kaymakam, vali veya başka bir mülki amir olduğu takdirde, hayatını kurtarmış olur. Paraya para demez.

19. "Part time işlerde çalışıp para kazanacağım, bir yandan da hayatımı yaşayacağım, bütün gün aynı işi yapamam," dedi, okul hayatını bıraktı. Doğru dürüst bir meslek seçemedi. "Ekmek aslanın ağzında, para kazanmak istiyorsan sen de diğerleri gibi okuyup meslek sahibi olmak zorundasın," diyoruz. Bakalım sözümüzü dinleyip de doğru yolu bulacak mı?

20. Askeri okul sınavlarına girmeli. Kazanırsa hem kendinin, hem de ailesinin hayatı kurtulmuş olur. Bu ülkede asker olduğun zaman hayatı çok ucuz ve kaliteli yaşıyorsun, diğer insanlardan ayrıcalığın oluyor. Eğer çalışkan biri olursa komutan olma şansı bile var.

21. Eskiden herkesin bir mesleği olurdu, ölene kadar o mesleği sürdürürdü. Meslek seçiminde usta çırak ilişkisi vardı. Mesleği olanlara, "Altın bileziği var," denirdi. Şimdi durum değişti, herkes yeteneğine göre değil puanına göre meslek seçiyor.

22. Yıllardır yurt dışında bir meslek sahibi olacağım diye eğitim görüyor. Eğitimini bir türlü bitiremedi. Kaç yaşına geldi hâlâ annesi babası para gönderiyor. Onun yaşındakiler çoktan çoluk çocuğa karıştı, ev bark sahibi oldu, parasını kazanıyor.

23. Fazla düşünmesin, babasının mesleğine devam etsin. Zaten kurulu iş düzeni var, gerekirse onu geliştirir. Boşu boşuna macera yaşamasına lüzumu yok.
24. Bu zamanda, üniversite sınavlarında puan tutturup bir yere kapak atabilmiş olmak çok önemli. Türkiye şartları altında kimsenin istediği bölümü seçme gibi bir lüksü yok. Artık bunu bütün gençlerin anlaması ve ona göre hareket etmesi gerekiyor.
25. Üniversite okuyacağım diye bu kadar çok tutturmaması lazım. Kendini de ailesini de perişan etti. Devletin parasız olarak açtığı bir sürü meslek edindirme kursları var, oraya gitsin.
26. Çok başarılı bir öğrenci, yıllardır burslu okuyor. Yurt dışındaki bir üniversiteden teklif aldı, master ve doktorasını yapmak için oraya gidecek. Allah herkese böyle evlat nasip etsin.
27. Engelli olduğu için ailesi üniversiteyi okutmak istemedi, ama o inat etti hukuk fakültesini kazandı. Aslında onun için en iyisi hatip olmasıydı.
28. Sesi güzeldi, şarkıcı olmayı çok istiyordu. Bütün sülalesi karşı çıktı, hatta evden kovmaya kalktılar, o da bu tepkiye daha fazla dayanamadı ve ailesinin sözünü dinledi. Belki de şarkıcı olsaydı şimdi çok iyi para kazanıyor olabilirdi.
29. Askerlik için üniversiteyi mutlaka bitirmesi gerekiyor. Üniversite mezunları askerde çok rahat ediyor. Ayrıca

sonrasında yedek subay olarak devam etme hakkı var. İşi de garanti olmuş olur.

30. Holdingin başına geçip patron olmak varken gitti tiyatrocu olmayı seçti. Okulunu bir bitirsin bakalım, ayda kaç kuruşa talim etmek zorunda kalacak. Yazık, çocuğa acıyorum, herhalde aklını peynir ekmekle yemiş. Onun durumunda olmak isteyen kaç genç var, acaba biliyor mu?

31. Babası küçüklüğünden beri, "Benim oğlum ya topçu olacak ya da popçu olacak, çok zengin olacak, hepimizin hayatını kurtaracak," dedi. Sonunda zarla zorla çocuğu topçu yaptı. Şimdi üçüncü ligde top koşturuyor.

32. Çok başarılı bir öğrenciydi. Üniversiteyi kesinlikle kazanabilecek kapasitedeydi. Babası daha fazla okumasına izin vermedi. Kendi çalıştığı atölyede makineci olarak işe başlattı.

33. Üniversiteyi bitirdikten sonra mutlaka devlet memurluğu için açılan sınavlara girmeli. Devlet memuru olarak bir yerde çalışmaya başladı mı, sırtı hiçbir zaman yere gelmez. Devletten büyük kuruluş var mı?

34. Kız olduğunu unutup yurt dışına gitmeye kalkıyor. Orada kurda kuşa yem olacak. Mümkün değil böyle bir şey, derhal bu fikri aklından çıkartması gerekiyor. Yoksa onun için hiç iyi olmaz. Ancak evlendikten sonra kocasıyla beraber istediği yere gidebilir.

35. Ailesinin maddi durumu çok iyi, liseden sonra üniversite eğitimi için yurt dışına gönderdiler. Okula her yıl yüklü bir miktar para ödüyorlar. Okulu bitirip ülkesine döndüğü zaman işin başına geçecek.

36. Yapılan istatistiklere göre kişiler kendi seçtikleri işte çalışırlarsa daha başarılı ve verimli oluyorlarmış. Herkes kendi istediğini seçerse seçilmeyen bir sürü meslek açıkta kalır. Peki, onları kim yapacak?

Askerim

1. Üniversiteyi bitirseydi şimdi askerliğini er olarak değil, yedek subay olarak yapardı. En azından rahat ederdi.
2. Hayırlı uğurlu olsun, vatan millet sağ olsun. Acaba askerliğini nerede yapacak? İnşallah iyi bir yere düşer de, rahat bir askerlik geçirir.
3. Yüksek öğrenimi tamamladı şimdi kısa dönem er olarak askerliğini yapacak. Döndüğünde de işe girer, çalışma hayatına başlamış olur. Allah yardımcısı olsun.
4. Gençlerin en verimli döneminde bu kadar zaman kaybetmesi çok saçma. Askerliği paralı yapmaları lazım, para kazanmak isteyen askere gitsin, istemeyen gitmesin, böyle bir zorunluluk olamaz. İşsizliğe de belki bir çare olur. Gençlerin hayatı ikiye bölünüyor; askerden önce, askerden sonra.
5. Doğuya gönderdikleri iyi oldu. Belki biraz aklı başına gelir de adam olur. Bazı şeylerin kıymetini anlar. Babasının parasına güveniyordu, bol keseden atıyordu, ekmek elden su gölden yaşıyordu. Bak gördün mü, her yerde torpil işe yaramıyor işte.
6. Her Türk erkeğinin en kutsal görevi askerliktir. Acemilikten sonra gittiği yerdeki komutanlarının adını

öğrensin, ona göre bir şeyler yaparız.

7. Yakışıklı boylu poslu, kesin komando veya jandarma yapar, doğuya gönderirler. Orada böyle güçlü kuvvetli gençlere çok ihtiyaç var.
8. Mesleği olduğu için çok şanslı, acemilikten sonra onu mesleğiyle ilgili bir yere gönderirler. Askerlik değil tatil yapmış gibi olur.
9. Ailesi çok üzüldü, hiç beklemiyorlardı, aniden gelişti. Bir çevirme sırasında kaçak olduğu anlaşıldı, alelacele alıp götürdüler. Araya bir sürü hatırı sayılır insan sokular ama başarılı olamadılar. Annesi iki göz iki çeşme ağlıyor, "Benim oğlum şehit olursa ben yaşayamam," diyor.
10. İnşallah askerliğini denizci olarak yapar. Denizcilerin kıyafetleri çok şık, o kıyafetlerin içinde hepsi çok yakışıklı görünüyor.
11. Askerde güzel bir dayak yemesini çok istiyorum. Burada hepimizi çok üzüyordu. Dayağı yiyince aklı başına gelir. Zaten dayak yememiş bir asker, askerlik yapmamış demektir.
12. Erkekler kesinlikle askerden sonra adam oluyor. Askerlik eğitimi başka eğitimlere benzemiyor. Sivil hayatta kabul etmediğin herhangi bir şeyi askerde kayıtsız şartsız kabul ediyorsun. Asker olmanın gereği; düşünme, sadece emredileni yap.
13. Ailesi çok zengin, bir sürü para harcadılar, sadece oğulları biraz rahat etsin istediler ama ters tepti, çocuk şu anda kelle koltukta en kötü yerde askerlik yapıyor.
14. Askere gidiyorum diye sevinen birini ilk defa görüyo-

rum. "Askerde karnım doyacak, yatacak bir yerim ve kıyafetlerim olacak," diyor.

15. Kesinlikle inanıyorum ki vücut yaparak dönecektir. Askerde sivil hayatta olduklarından daha güçlü kuvvetli ve sağlıklı oluyorlar.

16. Annesi şimdiden karalar bağladı. "Aslanlar gibi oğlum gitti, şehit olacak şimdi," diyor, başka bir şey demiyor. Kötü bir haber gelecek diye diken üstünde oturuyor. Oğlu askerde olan tek anne o değil ki, bu kadar çok abartmaması lazım, yoksa sağlığından olacak.

17. Askerlik deyince bütün askerlik yapmış erkekler konuşmaya başlar. Anlatacak o kadar çok anıları olmuş ki duramıyorlar. Şimdi bizimki de döndüğünde neler anlatacak bakalım.

18. Acemilikten sonra bence havacı olsun. En azından belki uçak kullanmayı öğrenebilir.

19. Okuma yazma bilmeyen bir sürü genç askerde okumayı yazmayı öğreniyor. Bizimkiler o bakımdan şanslılar, eğitim alıp gidiyorlar.

20. Jandarma olmaz umarım. Köyde jandarmaların işi çok zor, özellikle kan davalarıyla baş edemiyorlar.

21. Askere giden herkes rahat etmek istiyor. Askerlik tatil yeri demek değildir. Emir almak, emir vermek, ailenden uzakta tek başına zor şartlar altında yaşama, savaşma yöntemlerinin öğretildiği bir yerdir. Böyle bir yerde insan nasıl rahat etmeyi düşünebilir ki?

22. Türkiye seninle gurur duyuyor. En büyük asker bizim asker. Yolun açık olsun. Allah yardımcın olsun.

Âşık oldum

1. Âşık oldum da ne demek? Şimdi hayatı karardı farkında değil. İşini, kariyerini, ailesini kaybedecek, bütün yaşantısı alt üst olacak. Hemen bu işten vazgeçirmeliyiz, yoksa bu işin sonu akıl hastanesinde biter, benden söylemesi.
2. Kendinden yaşlı bir kadına âşık oldu. Kesin bu işin içinde büyü var. Yoksa öyle bir kadının yüzüne kimse bakmaz. Çocuğun annesi, "Kara topraklara girseydim de bu günleri görmeseydim," diye dövünüp duruyor. Bu gençlik yılları bir daha geri gelmez. Gitti gencecik çocuk.
3. Öğretmenine âşık oldu, onun gözüne girebilmek için ders çalışmaya başladı. Bu iş şimdilik ailesine yaradı gibi görünüyor. Sonradan ters tepmez inşallah.
4. İkisi de lise öğrencisi, birbirlerini deli gibi seviyorlarmış. Bütün gün okulda görüştükleri yetmiyor, eve gelince kulağında telefonla dolaşıyormuş. Ailesi, "Telefon parası ödemekten iflahımız kesildi. Telefon şirketlerine çalışıyoruz," diyor.
5. Birbirlerine ilk görüşte âşık oldular. İlkokulda okuyorlar, sürekli yan yana oturuyorlar, büyümeyi bekliyorlarmış, sonra evleneceklermiş. İlk aşk en güzeli ve hiçbir zaman unutulmaz.
6. Patronuna âşık oldu. Patronu da onu kullanıyor ama farkında değil. Anlatmaya çalışıyoruz fakat her seferinde patronunu bize karşı savunuyor. Gözü kör olmuş

durumda, ondan başkasını görmüyor. Karşısına bir sürü kısmet çıkardık, hiçbirini kabul etmedi. Evlenemeden yaşlanıp gidecek bu diyardan, o zamanda iş işten geçmiş olacak.

7. Ayrı dinlerden olmalarına rağmen, birbirlerine âşık oldular ve evlenmek istiyorlar. Fakat ikisi de dininden vazgeçmiyor. Herkes bu işin olamayacağını söylüyor. Onlar da, "Bizim için ayrı dinlerden olmamızın bir önemi yok, biz birbirimizi seviyoruz ve evleneceğiz," diyorlar.
8. Babası yaşındaki adama âşık oldu. Adam da kızı çok seviyor, bir dediğini iki etmiyor. Bence aralarındaki ilişki aşk değil, kız baba özlemi çektiği için adama âşık olduğunu sanıyor. Adamın onu koruyup kollamasından, üstüne titremesinden hoşlanıyor. Umarım ileride bir sorun yaşamazlar. Davul bile dengi dengine demişler.
9. Çalıştığı işyerinde birine âşık oldu. İşyerinde âşık olmak yasak olduğu için işten ayrılmak zorunda kaldı. Aynı işyerinde çalışanlar birbirlerine âşık olamazlarmış. İşyerinin kalitesi, ciddiyeti bozuluyormuş. O zaman nerede âşık olunacağını söylesinler, orada gidip âşık olalım.
10. İki genç birbirlerine âşık oldular. Kız çok zengin, erkek orta halli. Kızın ailesi, "O bizim kızımızı sevmiyor, onun gözü paramızda," diyor. Eğer ayrılmazlarsa kızı yurt dışına göndereceklerini söylüyorlar. Bu durumda seven gençler yine ayrılmaya mahkum kalıyor.
11. Kadın evli, adam evli, çocukları var, birbirlerine âşık oldular. Boşanmaya kalktılar, aileler araya girdi, bir

sürü problemlerle karşılaştılar, dolayısıyla boşanamadılar. İlişkileri duyulduğu için herkese rezil oldular. Şimdi ikisi de psikolojik tedavi görüyor.

12. Tek taraflı bir aşka tutuldu, kurtaramıyoruz. İşi gücü, evi her şeyi boşlamış durumda. "O beni sevmezse yaşamamın bir anlamı yok," diyor. Köprü altında yaşayanlara döndü. Doktora götürdük ilaç verdi ama bir türlü unutamıyor. Bu da aşkın başka bir çeşidi olmalı, sen seviyorsun, o seni sevmiyor ya da sevdiğini bilmiyor. Allah herkese akıl fikir versin.

13. Evli bir adama deli divane gibi âşık. Herkes vazgeçirmeye çalışıyor ama o aşkından vazgeçmeyi düşünmüyor. Adam da onu sevdiğini söylüyor ama o da karısından vazgeçmiyor. Kızın bütün hayatı alt üst oldu, ailesi neredeyse öldürecekti. İşten çıkardılar evde oturuyor, kapı dışarı çıkmasına izin vermiyorlar. Aşkını unutmasını sağlamak için koca bulup evlendirmeye çalışıyorlar. Bu nasıl iş anlaşılır gibi değil, âşık olma hakkı kimin elinde? Âşık olman gereken kişiyi ailen bilir sen bilemezsin.

14. Âşık olmak kolay, ancak yürütmesi çok zor, çoğunluk yürütmeyi başaramıyor. İnsanların büyük bir kısmı âşık olmaya karşıyken, âşık olmak ve bunu yaşayabilmek herkese nasip olmuyor. Kişiler çoğunlukla tercih yapmak zorunda kalıyor. Genellikle sevdiklerinden vazgeçip eski hayatlarına geri dönüyorlar. Geri dönenler artık eskisi gibi yaşayamayacağını anlayıp ya intihar ediyor, ya da bu duruma katlanabilmek için sakinleştirici kullanıyor. Aşk başa gelirse akıl baştan çıkar.

Para kazanıyorum; el âlem ne der?

1. Babasının kurduğu şirketin başına geçti, para kazanıyorum diye hava atıyor. Onun gibi hazıra konan herkes para kazanır. Kendisi alın teriyle çalışsın, parasını kazansın, ondan sonra konuşsun.
2. Liseden sonra nasıl olsa kazanamam diye üniversite sınavlarına girmedi. Şimdi kendine bir iş yeri açtı ve para kazanmaya başladı. İnşallah yakında iflas etmez.
3. "Okuyup da ne olacağım, boşu boşuna vakit kaybı," dedi, iş hayatına atıldı. Zengin bir iş adamı oldu. Şimdi üniversite mezunu olmuş kişiler onun emrinde çalışıyor. İş bilenin, kılıç kuşananın.
4. Üniversiteye girdi, çok başarılı bir şekilde eğitimini tamamladı. Birçok yere müracaat ettikten sonra düşük bir maaşla işe başladı. Şimdi isyanlarda, "Ben yıllarımı bu kadar az para kazanmak için mi harcadım?" diyor.
5. "Para kazanıyorum," diyor, ama kazandığı ancak ev kirasına yetiyor. Yemesi içmesi, giyimi kuşamı, gezmesi ne olacak? Sürekli kredi kartına on iki taksit bir hayat yaşıyor. Bizim söylediğimiz mesleği seçseydi şimdi köşe olmuştu.
6. Çok güzel, rahat bir işe girdi, önce arabasını aldı, şimdi de sıra ev almaya geldi. Bu zamanda insanın başını sokacak bir evi mutlaka olmalı. Kira köşelerinde sürünmemeli, ay gelir ay gider.
7. Kazandığı paraları mutlaka gayrimenkule yatırsın. Bu

zamanda en iyi gelir kira geliri. Yeterince kira geliri olursa çalışmasına bile gerek kalmaz. Emekli olmadan hayatın tadını çıkarmaya başlar.

8. Bir işe girdim, çalışıyorum, diye hava atıp duruyor. Ailesi para yardımı yapmazsa ne yapacak bakalım.

9. "Para kazanıyorum, iyi bir işte çalışıyorum," diyor ama kimse inanmıyor. Altında son model bir arabayla geziyor. Kim bilir hangi yollardan kazanıyor. Normal bir işte çalışanın bu arabaya binmesi imkansız, Allah günahlarını affetsin.

10. Bir işin, bir kariyerin olmadan para kazanmaya ben kazanmak demem. Sigortalı olarak iyi bir işe girip emekliliğini garanti altına alması lazım. Bakalım her zaman aynı parayı kazanabilecek mi? Hastalığı var, hastane masrafları var, nasıl baş edecek bu kadar sorunla? Bir işte çalışırsa işi, maaşı, iş saatleri belli olacak, ona göre düzenini kuracak.

11. Gece çalışması olmaz. İnsanın bünyesi bu tempoya daha fazla dayanamaz, sağlığını kaybeder. Allah geceyi biz uyuyalım, dinlenelim diye yarattı. Gündüz çalışılır, gece uyunur.

12. Bekar kız, aklını kullansa çok iyi paralar kazanacak. Onun durumunda olanlar çalıştıkları yerlerde yüksek mevkilere geldiler. Yapamazmış öyle şeyler, yanlış olurmuş, bize bunları söylüyor. O zaman ömür boyu namusuyla üç kuruşa talim eder.

13. Çalışıyor ama ailesine bir kuruş yardımı yok. Aldığı bütün parayı giyim kuşama, gezmeye harcıyor.

14. Çok saygılı, düşünceli bir çocuk. "Ailem beni yetiştirdi bu günlere getirdi," diyor, aldığı maaşını annesine teslim ediyor. Analar ne evlatlar doğuruyor.

15. Bekar olduğu için sürekli iş değiştiriyor, daha çok para veren bir yer bulursa hemen kapağı oraya atıyor. Bir yerde çalışmak, kariyer yapmak diye bir düşüncesi yok. Bir baltaya sap olamadı gitti.

16. Kazandığı bütün parayı har vurup harman savuruyor. Bugünün yarını var, biraz biriktirip bir kenara koysa ne olur sanki. Damlaya damlaya göl olur.

17. İş yerinde bir şeye sinirlendiğinde istifasını basıp çıkıyor. İş hayatı bu, her şey olabilir. Nereye kadar böyle gidecek? Aylarca işsiz kaldı evde oturdu. Çoluğu çocuğu var, kendini düşünmüyorsa bari onları düşünsün.

18. Ailesinden miras olarak kalanları değerlendiriyor. Ara sıra da para kazanıyor, hayatını yaşıyor, gezmediği görmediği ülke kalmadı. Allahın sevgili kullarındanmış.

19. Her gördüklerini taksitle alıyorlar. Ay sonunu zar zor getiriyorlar. Karı koca yıllardan beri çalıştıkları halde para biriktirip bir araba bile alamadılar. Biraz tutumlu olmaları, ayaklarını yorganlarına göre uzatmaları gerekiyor.

20. Üniversiteyi bitirdikten sonra ailesini, sevdiklerini burada bırakarak, para kazanmak için yurt dışına çalışmaya gitti. İstese burada da para kazanabilirdi, kazanan nasıl kazanıyor? Yakında gittiği yerin vatandaşı da olur, ülkesini unutur.

21. Karısı çalışıyor, kendisi evde oturup çocuk bakıyor. Bir yandan da part time işler yapıyor, aile bütçesine katkıda bulunuyor. Gel keyfim gel, kadın nasıl olsa çalışıyor, eve para giriyor. Bu gidişle ev kadını kavramından sonra bir de ev adamı kavramı çıkacak herhalde.

22. Küçük yaştan beri aynı iş yerinde çalışıyor, hem ailesine hem kendine bakıyor. Çok şükür yıllarca sabretti, hiç iş değiştirmedi, şimdi de krediyle bir araba alabildi.
23. Denemediği iş, gitmediği şehir kalmadı. Her seferinde uyum sağlayamadığını söylüyor ama bence iş yerinde yediği haltlardan dolayı işten atılıyor. Herkes ne ederse kendine eder.
24. Karı koca çocuklarını özel okulda okutabilmek için akşamları ek iş yapıyorlarmış. Devlet okullarının suyu mu çıktı? Hepimiz devlet okulundan mezun olduk.
25. İş adamı olan babaları, çocuklarına iyi para kazanabilecekleri bir iş yeri açtı. Kendi forsunu kullanarak onlara sürekli müşteri gönderiyor. Çocuklar da iş yapıyoruz, para kazanıyoruz, diye seviniyorlar. Parayı veren düdüğü çalar.
26. İşe daha yeni girdiği halde hemen terfi etti. Herkes hakkında ileri geri konuşmaya başladı. "Yıllardan beri çalışanlar var, nasıl aniden terfi etti? Acaba kimlere ne tavizler verdi?" diyorlar. Milletin ağzı torba değil ki büzesin.
27. Banka kredisiyle lüks bir araba aldı. Daha düşük bir model alsaydı onu için daha iyiydi. Vergisi, benzini, bir sürü para harcayacak. Bir işte çalışıyor ama çok fazla para kazanamıyor. Evlenmesi lazımken gitti bu kadar borcun altına girdi. İşsiz kalırsa nasıl ödeyecek bu krediyi? Sonra bir de icrayla uğraşmak zorunda kalacak.
28. Göstermelik bir işte çalışıyor. Sadece adresi belli olsun

diye işe gidip geliyor. Tek başına yaşıyor, ancak yaşantısı işine göre çok lüks. Herkesin kafasında bir soru işareti; nereden geliyor bu değirmenin suyu?

29. İyi eğitim almış, yabancı dil bilen, kendini geliştirmiş bir kişi, ancak iş başvuruları sırasında hep torpil döndüğü için mesleğiyle ilgili bir işe giremedi. Başarılı olmak, iyi eğitimli olmak, kendini geliştirmek işsiz kalmanı engellemiyor. Bu dünyada tanıdığın varsa sırtın yere gelmez, yoksa sürünmeye mahkumsun.

30. Küçüklüğünde çok yaramaz bir çocuktu. Etrafındakiler, "Bundan bir numara olmaz, sadece ailesinin başına bela olur," diyorlardı. Büyüdü ve daha önce hiç kimsenin aklına gelmeyen bir yöntemle para kazanmaya başladı. Şimdi paraya para demiyor. Allah, "Yürü ya kulum," demiş.

31. Elinde yok avucunda yok, "Kendi işimi kuracağım, kimsenin emri altında çalışmayacağım," diye tutturdu. Bir türlü kararından vazgeçiremedik, kendi haline bıraktık. İşini kursun da boyunun ölçüsünü alsın.

32. Kendine çok güzel bir hayat felsefesi edinmiş. Bugün kazanıyorum, bugün harcıyorum, öyle ise yaşıyorum. Bu dünyada bir dikili ağacı bile yok, yıllardır kirada oturuyor. Bir de utanmadan bize nasihat ediyor, "Kiracının bin evi, ev sahibinin bir evi olur," diyor.

33. Yeni moda işler çıkmış, işe gitmeden ve bir işyerine bağlı olarak çalışmadan para kazanıyormuşsun. Hiç aklım almıyor doğrusu, insan işe gitmeden nasıl para kazanabilir? Bir yaşıma daha girdim.

34. Dışardan gören dilenci diye para vermeye kalkar.

Oturmasını kalkmasını, konuşmasını dinlemesini bilmez ama para onda. Para ile imanın kimde olduğu bilinmez.

35. Girdiği hiçbir işte uzun süre çalışamıyor. "Sıkıldım, bana göre bir iş değil, nasıl olsa başka iş bulurum," diyerek ayrılıveriyor. Evde oturup bütün gün internette arkadaşlarıyla konuşuyor. Ailesine güveniyor, çünkü kimse onu çalışması için zorlamıyor. "Çalışmak istiyorum, para kazanmak istiyorum," diyor iş beğenmiyor. İşin iyisi kötüsü olur mu? Gir bir yere çalış, paranı kazan, kimseye muhtaç olma.

36. Eğer bu dünyada rahat yaşamak, saygı görmek istiyorsan, her şeyi bir kenara bırakıp maddi durumunu çok iyi düzeye getirmelisin. Paran varsa cümle âlem kulun, paran yoksa tımarhane yolun.

37. Bu kadar lüks bir evi ve arabayı nasıl aldılar? Daha düne kadar, "Zar zor geçinebiliyoruz," diyorlardı. Kim bilir ne işler çeviriyorlar? Yarın öbür gün çıkar kokusu. Çok mal haramsız, çok laf yalansız olmaz.

38. Kişi sadece kariyer ve ün peşinde olmamalı, karşısına çıkan fırsatları da değerlendirmeli, yoksa işsiz ve parasız kalabilir. Hayatta sağlam kalabilmek için kendi değerleri ölçüsünde para kazanabileceği her işi yapmalı. Ne olacağımız belli değil. Çocuğuna balık yemeği değil, balık tutmayı öğret.

39. Eğer araba alacaksa mutlaka sıfır ve ... marka almalı. Ben başkasını tavsiye etmem. Araba dediğin ... olur, diğerleri onun yanına bile yaklaşamaz.

40. Ev almak istiyorsa mutlaka yeni yapılan sitelere baksın.

Siteler hırsızlığa karşı korumalı oluyor. Ayrıca deprem yönetmeliğine de uygun olarak yapılıyor. Rahat eder, benden söylemesi.

Para kaybettim.

1. Ailesinin sıfırdan kurduğu şirketi çok kısa bir sürede batırabildi, helal olsun. Bu kadar becerikli olduğunu hiç bilmiyorduk.
2. Yıllarca çalıştılar didindiler, bir ev alabilmek için para biriktirdiler. Üç kuruş daha fazla para kazanacağız diye bütün paralarını bir dolandırıcıya kaptırdılar.
3. İflas ettiğini duyunca herkes çok şaşırdı. İyi de olmuş aslında, zenginleyince bir tarafı kalkmıştı. Etrafındaki insanlara dünyaları ben yarattım der gibi bakıyordu. Bak şimdi nasıl burnu sürttü.
4. Kumar masasında karısı dahil her şeyini kaybetti. Alacaklıları kumar borcunu ödeyebilmesi için canını şimdilik bağışlamışlar.
5. Nasıl iflas ettiğini bir türlü anlayamadık. Acıkacağım, diye sıçmaya korkardı. Türkiye şartları onu bu hale getirdi, yoksa o iflas edecek bir adam değildi, işini iyi bilirdi.
6. "Kendi işimin sahibi olacağım," dedi, kimsenin sözünü dinlemedi. Bankadan yüklü bir miktar destek kredisi aldı. İşler tahmin ettiği gibi yürümeyince işyerine, evine icra geldi, bütün malları gitti. Hapis tehlikesiyle karşı karşıya kaldı. Bir musibet bin nasihatten yeğdir.
7. Gözünü para hırsı bürümüştü. Zenginlerin hayatına

özeniyordu, onlar gibi yaşamak istiyordu, "Onların her şeyleri var, benim niye olmasın?" diyordu. Şimdi iflas etti, elinde avucunda hiçbir şeyi kalmadı. Ayrıca alacaklılar dava açarsa hapse girme ihtimali bile var. Azıcık aşım, kaygısız (ağrısız) başım.

8. Her zaman boyundan büyük işlere kalkıştı. Kısa zamanda çok para kazanmayı düşündüğü için acele hareket etti, her seferinde yanlış yatırımlarda bulundu. "Bu sefer kurtulacağım, şeytanın bacağını kıracağım," dedikçe daha çok battı. Eşek bile bir düştüğü çukura bir daha düşmez.
9. Çok güzel, iyi bir işi ve kariyeri vardı. Daha fazla para kazanmak ümidiyle iş değiştirdi. Girdiği iş yeri kısa bir süre sonra battı, şimdi evde oturuyor. Aza kanaat etmeyen çoğu hiç bulamaz.
10. Patronu bazı olaylardan kaçabilmek için şirketi ve bütün mal varlığını üstüne devretmiş. Bir dönem, maddi açıdan çok rahat olarak yaşadı ve etrafını yaşattı. Ancak daha sonra yaptıkları usulsüzlükten dolayı hapse mahkum oldu. Paranın gözü kör olsun, insana neler yaptırıyor.
11. Zengin oldukları dönemde su gibi para harcadılar. Nerden geldiklerini, aç gezdikleri günleri çabuk unuttular. Parayı görünce adam olduk sandılar, etraflarındaki insanları ezmeye başladılar. Birçok insanın ocağını söndürdüler. Şimdi yine o eski aç günlerine geri döndüler. Alma mazlumun âhını, çıkar aheste aheste.
12. Hiç kimseden destek almadan kendi çabasıyla işini kurdu, zamanla piyasada çok iyi bir yere geldi. Biraz

dinlenmek istediğini söyleyerek işinin başına yakın bir akrabasını getirdi, bütün işini ona teslim etti. Aradan bir kaç yıl geçtikten sonra iflas bayrağını çekti ve intihara teşebbüs etti. Akraba (dost) ile ye, iç, alışveriş etme.

13. Kurduğu şirket zarar etmeye başlayınca gayrimenkullerini satılmaktan kurtarmak için en yakın arkadaşının üstüne devretti. Herkes uyarıda bulundu ama o kimseyi dinlemedi. Arkadaşı da bir süre sonra ortadan kayboldu. Şimdi her şeye sıfırdan başlamak zorunda kaldı. Güvenme dostuna, saman doldurur postuna.

14. Uzun yıllar üst düzey yönetici olarak bir iş yerinde çalıştı. O dönemlerde kazandığını mülke yatırdı. İş yeri iflas edince işsiz kaldı. Mülklerinden aldığı kira gelirleriyle çok iyi şartlarda yaşayabilirdi. Ancak kendi başına iş yapmaya kalkıştı ve her seferde biraz daha battı, sağlığını kaybetti, şimdi emekli maaşı ile geçinmeye çalışıyor. Ne oldum dememeli, ne olacağım demeli.

15. Kısa sürede çok zengin oldu. Krallar gibi yaşamaya başladı. Bir süre sonra gazetelerde tutuklandığı haberini okuduk. Doğru yoldan para kazanmış olsaydı bunlar başına gelmezdi. Allah her zaman doğrunun yardımcısıdır.

16. Evlendikten sonra karısının istekleri ve gereksiz harcamaları yüzünden kısa sürede iflas etti. Kadın kocasını isterse vezir, isterse rezil eder.

17. Piyangodan büyük ikramiye kazandı. Bir anda çok zengin oldu. Para çıkmadan önce mutlu ve huzurlu bir hayatı vardı. İkramiye çıktıktan sonra aile düzeni, huzur diye bir şey kalmadı. Kafasını kullanamadı parayı çarçur etti ve daha çok borca girdi. Haydan gelen huya gider.

18. Eşini çok seviyordu, bütün mal varlığını onun üstüne yaptı. Eşi de bir gün başka birine âşık olup kaçtı. Şimdi sevgilisiyle paraları çatır çutur yiyor. İşini, evini, arabasını, saygınlığını, her şeyini kaybetti. Aşkın gözü kördür.

19. Önce işini ve parasını, sonra eşini ve aklını kaybetti. Şimdi hastanede tedavi görüyor. Dostları ona yardımcı olmaya çalışıyor. Her şey insanlar için, ölümlü dünya, başımıza ne geleceğini bilmeden yaşıyoruz. Allah bir kapı kapatırsa başka bir kapı açar, maddiyata bu kadar çok bağlanmamalıyız, sağlık hepsinden önemli.

20. İyi niyetli olmasından dolayı her şeyini kaybetti. Bir arkadaşına kefil oldu, arkadaşı parayı ödemeyince avukatlar bütün mallarına el koydu. Şimdi beş parasız geziyor, arkadaşı da ortada yok. Bu hayatta babana bile güvenme, demişler.

21. Parası varken herkese dağıtıyordu, eli çok açıktı. O zamanlar çevresindeki insanlar ağam, paşam diye etrafında dolaşıyorlardı. Başına gelen bir sürü talihsiz olaydan sonra çok büyük paralar kaybetti. Şimdi etrafında kimse kalmadı. Allah sağ eli sol ele muhtaç etmesin.

22. Ekonomik kriz yaşanmadan önce, çok iyi para kazandığı, saygın bir işi vardı. Kriz dolayısıyla o da diğer insanlar gibi bir anda işsiz kaldı. Kazandığı paraya göre kurduğu aile düzeni alt üst oldu. Önce oturdukları semti değiştirdiler ancak yine de sorunlardan kurtulamadılar. Üç yabancı dil bilen, yurt dışında eğitim almış, doktorasını yapmış bir insan olduğunu bir kenara bırakıp, ailesinin geçimini sağlayabilmek adına uzun süre özel şoförlük yapmak zorunda kaldı. Borçlarının hepsinin temizledi ve şimdi her şeye yeniden başladı. Altın yere düşmekle pul olmaz.

Evlenmedim; el âlem ne der? Bekarım.

1. Yaşıtları çoktan evlendi ana baba oldu, boyu kadar çocukları var. Daha bunda bir numara yok. Tohuma kaçtı.
2. Bir türlü evlenmeye yanaşmıyor. Kaç senedir düşünüp duruyorum, ağzımdan boğazıma getirmek istemiyorum. Acaba cinsel tercihi mi farklı?
3. Bu dünyanın, öbür dünyası da var. Kitapta bile yeri var. Her sağlıklı insan evladının evlenmesi ve çocuk sahibi olması gerekiyor. Yoksa niye geldik bu dünyaya.
4. Ne doktorlar, ne mühendisler, ne avukatlar istedi de hiçbirini beğenmedi. Hepsine bir kusur buldu. O kadar kusur kadı kızında bile olur.
5. Huysuz, geçimsiz, her şeyi ben bilirim, diyen biri. Kim onu alıp da dertsiz başını derde sokmak ister.
6. Genç, yakışıklı, zengin bir çocuk, kızlar onun için deli divane oluyor. Bir an önce evlenmesi lazım. Yoksa gider, istemedikleri bir kadının tuzağına düşer, evlenir. İş işten geçtikten sonra hiçbir şey yapamazlar.

7. Karşına çıkan fırsatları en iyi şekilde değerlendireceksin. Dört dörtlük insan yok ki bu dünyada.
8. Evlilik yaşı çoktan geldi de geçiyor bile. Bir türlü baş göz edemedik.
9. Kilo vermesi lazım çok şişman, obezlik sınırında geziyor. "Beni beğenen böyle beğensin, mühim olan insanın dış güzelliği değil iç güzelliğidir," diyor. Hâlâ evlenemediğine göre kimse onun iç güzelliğini fark edememiş demek ki.
10. Ne olacak şimdi? Şu dünya gözüyle evlenemeden bir de ölüp giderse, açılmadan iade...
11. Çok arayan hiçsiz kalırmış. Armudun sapı üzümün çöpü derken evde kaldı işte.
12. Gencecik güzel bir kız oldu. Erkekleri kendine âşık etmeye başladı. En kısa sürede başını bağlamak lazım. Yoksa ailesinin başına dert olacak.
13. Biz onun yaşındayken kaçıncı çocuğumuzu kucağımıza almıştık.
14. Üzüntüden insan içine çıkamaz oldu, kimseyle görüşmek istemiyor. Etrafındakiler her fırsatta bekar çocuğunun niye hâlâ evlenemediğini soruyorlarmış. Ayrıca bir de diyorlarmış ki, "Acaba bir hastalığı mı var, o yüzden mi evlenemiyor?" Milletin ağzı torba değil ki büzesin.
15. Çok zayıf, sıska bir kız, evlenmek istiyorsa kesinlikle kilo alması lazım, yoksa onu bu haliyle kimse koynuna karı diye almaz. Bir dirhem et bin ayıp örter.
16. Gözü fazla açılmadan evlendireceksin. Biz hepimiz öyle yaptık. İlk çıkan kısmetine ver. Yoksa yaşı büyümeye

başladı mı kimseyi beğenmemeye başlar. Evde kalır, benden söylemesi.

17. Eline erkek eli bile değmedi ama hâlâ birini bulup da evlenemedi. Ne kısmetsizmiş. Onla bunla gezen arkadaşlarının hepsi evlendi. Bu evde kaldı.
18. Şu yaşına geldi hâlâ evlenemedi, evlendiğini görmeden bu dünyadan göçüp gidersem, analık hakkımı helal etmem.
19. Ne olurdu bizi üzmeseydi, sözümüzü dinleyip evlenseydi. Bu kadar zor mu evlenmek? Kendimiz için hiçbir şey istemiyoruz, her şey onun iyiliğin için.
20. Hayatı boyunca karşısına böyle iyi bir kısmet kaç defa çıkacak acaba? Kısmetini kaçırmayacaktı, çok büyük bir hata yaptı. Gençliği, güzelliği, gittikten sonra kimse onu almaz.
21. Kendisini bulunmaz Hint kumaşı sanıyor, burnu Kaf dağında, çıkan kısmetleri bir türlü beğenmiyor. Benden söylemesi, sonra çok pişman olur, başını taşlara vurur.
22. Bir an önce evlensin, gitsin evini yuvasını bilsin. Ölene kadar başınıza kalır yoksa.
23. Herkes kendine birini bulmuş kafeslemiş. Bu aklını kullanacak da birisini bulacak! Ölme eşeğim ölme, yaza yonca bitecek.
24. Şu dünya gözüyle evlendiğini bir görsem, Allahtan başka bir şey istemem. Nerelere gittim, ne adaklar adadım, bir ben bilirim, bir Allah.
25. Bu çocuğu bir türlü evlendiremedik; kesin göz var üzerinde, gözü olanın gözü çıksın. Yoksa niye evlene-

mesin? Benim çocuğumun diğerlerinden aşağı kalır ne yanı var? Ne hilkat garibeleri evleniyor da o mu evlenemeyecek?

26. Ne yapsın çocukcağız; ailesi yüzünden bekar kaldı, gençliği elden gitti. Yaşlı ana babası var, onlara bakıyor. Diğer kardeşlerin hepsi de hayırsız çıktı. Bütün yük bunun üstünde. Hiç kimse yaşlılarla beraber oturmak istemiyor.
27. Evlendiğini görmeden ölüp gidersem gözüm açık kalır valla.
28. Kısmetini bağlamışlardır. Bağlama büyüsü diye bir büyü var, çok zor bozuluyor, işini bilen bir hocaya gitmek lazım.
29. Evlenmekten korkuyormuş. Ya evlendiği insan istediği gibi çıkmaz iseymiş. Ne var bu kadar korkacak, hepimiz evlendik. Hem derler ki, nikahta keramet vardır.
30. Âşık olmadan evlenemezmiş. Evlen, sonra seversin eşini. Ben evlendikten 7 sene sonra eşimi sevmeye başladım, ne var yani bunda bu kadar abartacak.
31. Yaşı daha genç, kızlar etrafında pervane oluyor, o da hep böyle gidecek sanıyor. Yaşlansın bakalım, kızlar etrafında dönmeye devam edecek mi?
32. Gençlik, güzellik, hepsi gelip geçici, nereye kadar yalnız yaşayacak? Hastalığı var, sağlığı var, yaşlılığı var, insanın yanında bir can yoldaşı olmalı.
33. Yalnızlık Allah'a mahsustur. Hangi yaşta olursa olsun, insan yanında bir ses, bir nefes ister.
34. Haberlerde okudum, bekarlar daha erken ölüyormuş. Sağlıklı ve mutlu bir yaşam için evlenmeyi öneriyorlar.

Varsa eşin rahattır başın, yoksa eşin zordur işin.

35. Çarşamba günü güneş doğmadan defne ağacı ile tütsülenirse en yakın zamanda helalinden nasibi açılır.

36. İş hayatı diye tutturdu. Gözü işten başka bir şey görmüyor. Kendini işe adamış, çok hırslı. Ot gibi yaşıyor ot.

37. Herkese para saçıyor. Arkadaşları onun parasını yiyip bitiriyor farkında bile değil. Gözünü bir an evvel açıp helal süt emmiş bir kızla evlenmesi lazım, kız onu çekip çevirir, kendine getirir. Yoksa elinde avucunda bir şeyi kalmayacak. Bekarın parasını it yer, yakasını bit.

38. Evine giren çıkan belli değil. Sorduğumuzda, "Bir akrabam," diyor. Ne kadar geniş bir sülalesi varmış bu kadının. Evi işletiyor da biz mi fark edemiyoruz acaba?

39. Evli olduğu halde çalışan, çoluk çocuk sahibi bir sürü insan var. Hem işinde hem de özel hayatlarında başarılılar. Onlar başarıyor da bu mu başaramayacak? Kendine güveni yok, cesareti yok bence.

40. Eğri oturup doğru konuşalım. Hem bekar hem de akıllı kadın doğrusu, bütün erkekler emrine amade olmuş. İstediği erkeği istediği gibi kullanıyor. Bizim gibi ömrünü bir erkekle geçirmek zorunda değil.

41. Bekarlık sultanlıktır, diyenlere sakın inanma. Bir türlü evlenemeyip de evde kalanların çıkardığı bir sözdür o.

42. Bu kadar zamandır bekar kalmasının sebebi kader kısmetmiş. İnsan kendi kaderini kendi yazar.

43. Niye herkes evlilik diye tutturmuş, anlamadım gitti.

Bekarlık sultanlıktır, demişler yoksa boşuna demezlerdi.

44. Sanki evlenen insanlar hayatlarından çok memnunmuş gibi bekarları da evlendirmeye çalışıyorlar. Hem evlilik hayatından şikayet ediyorlar hem de bekar olanların evlenmesi için ellerinden geleni yapıyorlar. Bu ne perhiz, bu ne lahana turşusu!

45. Evlenip de ne yapacak? Biz evlendik de ne oldu? Başımız göğe mi erdi? Bak durumumuz ortada. Evli insanların çoğu mutsuz, mutlu olan birkaç kişi var diye evlenmek doğru değil.

46. Biri bekar biri evli, dışarıda birkaç defa birlikte yemek yerken görülmüşler. Dikkat etmeleri gerekiyor, bu kadar rahat hareket etmeleri doğru değil. İnsanlar haklarında ileri geri konuşmaya başladı. Aile düzenleri bozulacak, laf çıkacak.

47. Nereye kadar annesiyle beraber yaşayacak? Annesi göçüp giderse kim bakacak ona? Yemeği var, ütüsü var, çamaşırı var, bulaşığı var.

48. Bekar kalmakla en iyisini yapıyor. Kendi ayakları üzerinde de duruyor. Evlenmeye hiç ihtiyacı yok. Bir de koca kahrı mı çekecek?

49. Ailesinden ayrı yaşamak için bekar evi tutması hiç doğru olmaz. Sonra laf gelir, kimse lafın altında kalmaz olay çıkar. Evlenene kadar bekarlar aileleriyle yaşamak zorundadır. Eski köye yeni adet getirmeyin.

50. Bence evli insanlar bekar insanları kıskanıyor. Kendileri evlenmekle bir hata yaptıklarını çoktan anladılar. Bekarları da aynı tuzağa düşürmeye çalışıyorlar. Kimsenin

bekar kalmasına katlanamıyorlar. "Ben yandım, onlar da yansın," diyorlar.

51. Sorumluluğu yok, bağımlılığı yok, akşam eve gelince dır dır edecek kimsesi de yok. İster evine gider, isterse başka bir yere, canının istediği gibi yaşar. Bundan güzel bir hayat olur mu hiç?

52. Sırf bekar diye patron onu terfi ettirdi. İşle ilgili doğru dürüst bilgisi yok, tahsili yok. Hepimizden sonra işe başladı. Gören de kendi tırnaklarıyla buraya geldi sanır, herkes kimin ne mal olduğunu biliyor.

53. Para desen para, şöhret desen şöhret, her şeyleri var ama bir eşleri bile yok, hâlâ dünya evine giremediler.

54. Ondan küçük kardeşlerinin hepsi sırayla evlendi, o hâlâ evlenemedi. Acaba bunun altında başka bir şey mi var?

55. Kimsenin karışmaya hakkı yok. Adam bekar. İstediğini eve getirir, istediğiyle gezer tozar.

56. Arkadaşlık dostluk bir yere kadar. İkisi de bekar. Ara sıra buluşup bir yerlere gidiyorlar. "Biz sadece arkadaşız, başka bir niyetimiz yok," diyorlar. Ateşle barut bir arada durmaz. Görenler olmuş, söylenmeye başladılar. Artık bu işi resmiyete döküp bir yüzük takmaları gerekir.

Dulum.

1. Başında bir erkek olmadan bu hayat şartları altında yalnız yaşayamaz. Bu zamanda dul kadın olmak çok zor, çoluk çocuk ortada kaldılar. Kim bakacak onlara?

En kısa sürede yeniden evlenmesi lazım.

2. Karısını çok seviyordu anladık ama biraz da kendini düşünmesi lazım, erkek adam bu, bir sürü ihtiyacı olacak, nasıl tek başına karşılayacak?
3. Dul bir kadın artık o, kendine eskisinden daha çok dikkat etmesi gerekiyor. Bir erkekle bir yerde görülse gözünün yaşına bakmadan, kötü yola düştü, onla bunla yatıp kalkıyor, diye hemen adını çıkarıverirler.
4. Aslında dul olduğu için çok şanslı. Aklını iyi kullanırsa ömür boyu sırtı yere gelmez. Özellikle zengin evli erkeklerle gezip tozacak, gönlünü birilerine kaptırmayacak. Gezdiği erkekler yaptığı kaçamaktan çekindiği için onun istediklerini yerine getirmek zorunda kalacaklar. Ev, araba, mücevher, daha ne isterse...
5. İş ararken çok zorluk çekecek. Medeni halini duyunca erkeklerin gözleri parıldamaya başlayacak.
6. Kadındaki şansa bak. Karnında bebeğiyle dul kaldı. Ortada kalmasın diye kocasının ailesinden biriyle evlendirecekler. Onların köyünde öyle bir adet varmış.
7. Dul kadına bizim toplumumuzda herkes kötü gözle bakar. Erkekler etrafında fır fır dönmeye başlar. Kendini korumasını bilmeli, herkesle çok samimi, içli dışlı olmamalı, adını kimseyle çıkarmamalı. "Adın çıkacağına canın çıksın," derler.
8. Allahtan doğru dürüst bir geliri var, kimseye muhtaç değil. Ne demiş atalarımız, "Anam babam kesem, elimi soksam da yesem."
9. Karı koca birbirlerini çok seviyorlardı, herkesin gıpta ettiği bir evlikleri vardı, kocasını genç yaşta kaybetti.

"Ölenle ölünmez, bu genç yaşta yalnız kalma, belki yeniden birini sevebilirsin, bütün kapılarını kapatma," diyoruz ama bir kulağından giriyor, öbür kulağından çıkıyor, hiçbirimizi dinlemiyor.

10. Yaşını başını almış dul bir kadın, bundan sonra onu kim alır? Ne yapalım, hayatının sonuna kadar yalnız yaşamaya mahkum olacak.

11. Babaları öldükten sonra annesine yeniden evlenmek isteyip istemediğini sormaları gerekiyormuş, onlarda adet öyleymiş. Ama hiçbiri sormaya cesaret edemiyor. "Eğer annem yeniden evlenmek isterse biz kimsenin yüzüne bakamayız," diyorlar.

12. Kocası öldü ortada kaldı. Hiçbir yerden geliri yok. Bu kadar yıldır çalışmamış, bir işi güce de yok. Ne yapacak? İyi kötü ayırımı yapmadan mecburen yeniden evlenecek.

13. Bu kaçıncı, el insaf, kocadan yana hiç şansı yok, yine mi dul kaldı?

14. Eli yüzü düzgün, genç, sağlıklı, güzel dul bir kadın, nereye kadar namusuyla yaşayabilir ki? Kendisi yaşamak istese bile çevresi onu rahat bırakmaz. En kısa sürede yeniden biriyle evlenmek zorunda.

15. Dul kalmış bir adam asla yalnız yaşayamaz. Yemeği var, çamaşırı var, bulaşığı var, ütüsü var, kim yapacak bunları; yeniden evlenmesi lazım.

16. Erkekler korkar onunla evlenmeye, kaç koca eskitmiş. Kimini mezara göndermiş, kimini hastaneye.

17. Kadını tebrik etmeliyiz. Hayat dolu bir insan, hem yaşlı, hem de dul, ama seni beni cebinden çıkarır. Her gün geziyor, hayatını yaşıyor. Biz de burada böyle kös kös oturuyoruz.

18. Ailesinin yanına taşınırsa onun için çok daha iyi olur. Çocuklarıyla ayrı bir evde yaşaması doğru değil. En azından yeniden evlenene kadar çocuklarının başında bir büyük olması lazım, yoksa başıboş kalırlar.

19. Kadın hem zengin hem de dul. Kocasından yüklü bir miras kaldı. Şimdi erkeklerle çatır çatır paraları yiyor. Bir giydiğini bir daha giymiyor. Kendine bakmaya başladı, en az on yıl gençleşti. Paranın gözü kör olsun. Biz de zengin bir koca bulamadan bu dünyadan göçüp gideceğiz.

20. Ne azimli kadın, keşke biz de öyle olabilsek. Ailesinden ayrı, tek başına çocuklarını aslanlar gibi büyütüyor. Parasını da kazanıyor, kimseye muhtaç olmuyor, kendi yağıyla kavruluyor. Helal olsun valla.

21. Kocasını kaybettikten sonra psikolojik tedavi görmek için hastaneye yattığını herkesten gizliyorlar. Tedavisi bittikten sonra tekrardan evlendireceklermiş. Evleneceği adama bu durumu söyleyecekler mi acaba?

22. Boyunca çocukları var ama hiçbirinde iş yok. Bu yaştan sonra kadıncağız tek başına kaldı, geçimini sağlamak için gece gündüz çalışıyor.

23. Hayat dolu bir kadındı. Kocası öldükten sonra hayata küstü. Yeniden evlenirse belki toparlar. Ne yapalım, hayat devam ediyor, ölenle ölünmez ki.

24. Karısı öldükten sonra çocuklarını kendi büyütmeye başladı. Bir erkek çocuk büyütmekten ne anlar? Analık duygusu denen bir şey var. Kimseden de yardım almak istemiyor. Hepsiyle birden ilgilenmeye çalışıyor ama nereye kadar…

Nikahsız yaşıyorum.

1. Nikahsız yaşamakta ne demek? Bir türlü aklım almıyor. Birlikte aldıkları malları nasıl paylaşacaklar? Çocuklar ne olacak? İkisinin de soyadı farklı, tatile nasıl gidecekler? Bunların kafası hiç mi çalışmıyor, hayatlarını perişan edecekler farkında değiller.
2. Ailesi duyarsa kesin kızı da, adamı da vurur. Buraya okumaya gönderdiler, arkadaşlarıyla kaldığını biliyorlar. Kızın yaptığına bak, ailesinin iyi niyetini suiistimal ediyor.
3. İmam nikahı kıydırmadan yaşıyorlar. Çok günah çok, cehennemde çıtır çıtır yanacaklar. İmam nikahları olsaydı en azından, durumu belki kabul edebilirdik. Her gün günaha giriyorlar. Allah günahlarını affetsin.
4. Bu insanlar çok ilginç, ben çözemedim. Boşandılar, bir süre ayrı yaşadılar. Sonra birbirlerini sevdiklerini anlayıp nikahsız olarak yine birlikte yaşamaya başladılar. Kaç yıldır çok mutlu olarak ilişkilerini sürdürüyorlar. Bütün ailenin kafası karıştı. Şimdi herkes birbirine soruyor, nikahta keramet var mı, yok mu?
5. Artık yeni moda böyle, diyorlar. Anlaşamayınca ayrılması kolay oluyormuş. Mahkemeyle uğraşmak zorunda kalmıyorlarmış.
6. Nikahsız yaşadıkları halde adam çocuklara kendi çocuğu gibi bakıyor. Bir dediklerini iki etmiyor. Kadının

üstüne bir sürü mülk almış. İstisnalar kaide bozmaz ama, demek ki imza her şeyi çözmüyormuş.

7. Adam çok zengin bir işadamı, evli, bir karısı, bir de metresi var. Yıllardır metresiyle birlikte nikahsız olarak yaşıyor. Metresinden de çocukları var. Karısını ailevi sebeplerden dolayı boşayamıyor. Bu ilişki bakalım daha ne kadar sürecek. Alan razı veren razı olduktan sonra uzun bir süre böyle yaşarlar gibi görünüyor.
8. Nikahsız olarak birlikte yaşamak eskiden beri bizim geleneklerimizde var olan bir durum. Birçok erkek toplumdaki konumu ne olursa olsun birden fazla kadınla aynı anda yaşayabiliyor. Neden şimdi yadırgıyorsunuz, değişen ne oldu? Anlayamadım.
9. Karı koca boşandıktan sonra başkalarıyla nikahsız yaşamaya başlamışlar. Yine olan çocuklara oluyor, çocukların kafası karışıyor. Çocuklar böyle karışık ortamlarda büyürse ileride evlilik kurumu diye bir şey kalmayacak.
10. Bazı kişiler, "Avrupa'da evlenmeden birlikte yaşamak normal karşılanıyor. AB'ye uyum yasaları başladığına göre bizim ülkemizde de artık birileri bu süreci başlatmalı," diyor. Bu yolla AB'ye gireceksek hiç girmeyelim. Bizde namus kavramı denen bir şey var, AB ona da mı karışacak?
11. Kadın nikahsız olarak bir adamla yaşıyor. Aynı evde kadının eski kocasından olan yirmi yaşının üstünde iki tane çocuğu var. Kadının eski kocası bazen çocuklarını görmek için o eve geliyor ve hep birlikte bir şeyler yiyip içiyorlar. Bu durumu görenler küçük dilini yutuyor,

"İnsanların ar damarı çatlamış, bu ne biçim medeni olmak?" diyorlar.

12. Adam hem biriyle nikahlı, onu boşamıyor, hem de başka bir kadınla nikahsız olarak yaşıyor. Her iki kadın da yıllardır bu durumu biliyor ve kabul etmişler. Adam ne yardan vazgeçiyor, ne de serden. Bence bu dünyada ne yapıyorlarsa kadınlar birbirlerine yapıyor, erkeklerin hiçbir suçu yok. Kadınlar bu durumu kabul etmese erkek böyle yaşamaya devam eder mi acaba?
13. Belki de böyle yaşamak daha doğrudur. İmza attıktan sonra herkesin birbirine karşı değiştiği söyleniyor. Eşinin her an elinin altında gidecekmiş gibi olması kişileri birbirlerine daha saygılı yapıyor olabilir.
14. Bence nikahsız yaşamaları daha doğru bir davranış, en azından kimseyi kandırmıyorlar. Çoğu insan evli olarak yaşıyor da ne oluyor? Yapmak isteyen yine her istediğini gizli olarak yapıyor. Ama toplum karşısında saygın bir evlilikleri varmış gibi görünüyorlar. Kendileri dahil herkesi kandırmış oluyorlar.

Evleniyorum; el âlem ne der?

1. Ne güzel, birbirlerini sevmişler, evlenmeye karar vermişler. Bize de Allah tamamına erdirsin, demek düşer.
2. Kendisi birini bulmuş, evlenmek istiyormuş. Hiç düşündü mü acaba büyükleri ne diyecek bakalım bu seçimine? Ailesinin uygun bulduğu biriyle evlenmek zorunda, kendi seçim yapamaz, böyle bir hakkı yok.

Eğer yaparsa evlatlıktan ret ederler, mirastan bir kuruş pay alamaz.

3. Niye bu kadar acele ediyorlar? Daha yeni tanıştılar. Önce biraz birbirlerini tanısınlar, gezsinler tozsunlar bakalım, sonra gerekirse evlenmeyi düşünürler. Ne o öyle yangından mal kaçırır gibi hareket ediyorlar.
4. Bence bunlar mercimeği çoktan fırına verdiler, işi pişirdiler, bize de evlenmek istiyoruz diye numara yapıyorlar.
5. Kızı hamile bırakmış olabilir. Kızın ailesi de namusumuzu temizle, diye çocuğa baskı yapıyordur. Belki de o yüzden evlenmek istiyorlar.
6. İlk görüşte âşık olmuşlar. Aşk, önce insanın ayağını yerden keser, bulutların üstünde uçurur, bittiğinde ise yerden yere çarpar.
7. Şimdi onlar dünyayı tozpembe görüyorlar. Biz ne söylesek boş, evliliği kolay bir şey sanıyorlar. Başlarına gelince anlayacaklar hanyayı konyayı.
8. Aşkla karın doymaz, aşk bittiği zaman dımdızlak ortada kalır. Biraz mantıklı olmalı. Evi, arabası, var mı? Nerede oturacaklar? Karısına ömür boyu bakabilecek durumda mı? Bütün bunları düşünmesi lazım, sonradan pişman olup başını taşlara vurmasın sakın.
9. Evleniyoruz, diye düğün gibi nişan yaptılar. Ama yine de kimseyi memnun edemediler. Birçok kişiyi nişana davet etmemişler. İki tarafın arası şimdiden bozulmaya başlamış. İnşallah yaptıkları masraflar boşa gitmez.
10. Adam bekar, kadın çocuklu, dertsiz başına dert alacak. Sonra kavga kıyamet kopacak. Bir erkek için kolay

mı çocuklu bir kadın almak? Kadın derse benim eski kocam böyleydi, sen onun gibi biri değilsin. Adam katil olur valla bu genç yaşında.

11. Ölmesini bekliyorlardı herhalde, daha toprağı soğumadan hemen evlenmeye kalkıştılar.
12. Yaşlı başlı kadın, kocası öldükten hemen sonra kendine uygun birini bulmuş, yeniden evlenmek istiyormuş. Bu enerjiyi nereden buluyor anlamıyorum.
13. Eşini daha yeni kaybetti, kırkı bile çıkmadı, evlenmeye ne kadar da meraklıymış.
14. Kadın yaşından başından utanmıyor, kendinden genç bir çocukla evlenmeye kalkıyor. Birlikte olmalarının tek sebebi para, başka bir şey olamaz.
15. Kız el değmemiş bekar, adam çocuklu dul, evlenmeye kalkışıyorlar. Belli ki adam kızın gözünü boyamış, kandırmış. Körpecik cahil bir kız işte, ne yapsın, başına gelecekleri tahmin bile edemiyor. Çocuk bakıcısı olup çıkacak.
16. Daha yeni boşandı, hemen evlenmek istemesine şaşırdım doğrusu. Bizim bilmediğimiz bir şeyler var aralarında herhalde.
17. Gönül bu ferman dinlemiyor, biz ne kadar karşı gelsek de onlar yine evlenecekler. Ateş bacayı çoktan sarmış.
18. Evlenmek istediği adam kendinden çok yaşlı, neredeyse babası yaşında, ama çok zengin olduğunu söylüyorlar. Başına talih kuşu konmuş, çok şanslı maşallah.
19. Yaşını başını almış insanlar, bu yaştan sonra evlenmeye kalkıyorlar. Herkesi kendilerine güldürecekler. Aşkın

yaşı olmazmış, diyorlar.

20. İkisi de çalışıyor ama çok az para kazanıyorlar. Aileleri de orta halli, kendilerine faydaları yok, zar zor yaşıyorlar. Bu zamanda nasıl ev geçindirecekler? Kirası var, aidatı var, aldıkları eşyaların taksitleri var, işleri çok zor çok. İyi düşünmeleri lazım, ilk başlarda evlilik iyi gider ama sonra geçim derdine düştüler mi kavga kıyamet kopmaya başlar.

21. Nihayet evlenmeye karar verdiler. Artık evlenmezler, diye düşünüyorduk. On senedir nişanlılar, bu kadar uzun nişanlılığı hayatımda ilk defa gördüm. Bu kararlarından sonra aileleri de zil takıp oynamıştır herhalde.

22. Yurt dışında evleneceklermiş, orada tanışmışlar, onlar için çok büyük anlamı varmış. İyi evlensinler, bir diyeceğimiz yok ama bu kadar davetli yurt dışına nasıl gidecek? Onu düşündüler mi acaba?

23. Daha kızı istemeden evlenmeye kalkıyorlar. Bizim geleneklerimiz var, kızı sokakta bulmadı herhalde. Önce gelip ailesinden isteyecek. Kızın ailesi, çocuğu ve ailesini soruşturacak. Ne iş yaparlar? Evi, arabası var mı? Nerede oturuyorlar? Nasıl bir aile? Eğer kızı verirlerse evlenme hazırlığına başlayabilirler.

24. Zenginler ama anlaşılan pintiler. Düğün yapmak için seçtikleri oteli bir görsen, şaşarsın. Otel değil sanki düğün salonu. Allah bilir düğünde de kurabiye ve limonata verirler.

25. Düğün yapmak artık pahalı olduğu için insanlar yeni bir yol bulmuş. Düğünü yapıyorlar ama yemek parasını herkes kendi cebinden ödüyor, böylece düğün sahibi masrafa girmemiş oluyor. Türk insanına hayranım, düğün geleneğini sürdürmek için ellerinden geleni yapıyorlar.

26. Kızı evlendirecekler, ortada çeyiz diye bir şey yok. İki üç parça uyduruk bir şeyler almışlar, işte o kadar. Kızın evine çeyiz görmeye gidelim, dedik gittiğimize bin pişman olduk. Eskiden böyle miydi, kızlar ergenlik çağına geldiğinde ailesi çeyiz hazırlıklarına başlardı evlenene kadar tüm eksikleri tamamlanırdı. Düğün zamanı geldiğinde kızın çeyizi konu komşuya gösterilirdi.
27. Kına gecesi yapmak istemiyorlarmış, o tür adetler eskide kalmış. Kına gecesi yapmadan, bohça alışverişi olmadan evlilik olur mu hiç? Yazık, adetlerimizi öldürmeye çalışıyorlar.
28. Evlerini çok güzel dayayıp döşediler. Kız tarafı modern bir yatak odası takımı aldı, erkek tarafı da çok şık bir misafir ve oturma odası takımı aldı. Beyaz eşyalarını da en yakın akrabaları aralarında paylaşarak aldılar. Allah iyi günlerde oturmayı nasip etsin.
29. Takı almak için ailecek Kapalıçarşı'ya gittiler. Gelin hanımın beğendiklerini alabilmek için bir dünya para harcadılar. Kız akıllı, ne isteyeceğini iyi biliyor. İnsan hayatında kaç defa evleniyor ki, o takılar onun geleceği.
30. Kız çok şanslı, damat çok temiz, titiz ve tertipli. Anlayacağın kılıbık erkek olmaya aday. Evlendikten sonra bütün işleri o yapar, kız da rahat eder.
31. Düğün yapacaklarmış. Düğünde harcanan paralara acıyorum valla. Kimseyi memnun edemiyorsun, bir

de üstüne para harcıyorsun. Düğüne harcayacakları parayla eksiklerini satın alırlar.

32. Gelinle damat eksik listesi diye bir şey yaptı. Düğün hediyesi almak isteyenler önce listeye bakıyor, sonra seçimini yapıyor, hem aynı tür hediyeden birkaç tane alınmamış oluyor, hem de evlerini dayayıp döşemiş oluyorlar. İyi fikir doğrusu, bizim zamanımızda böyle adetler yoktu.

33. Evlenmiş olmak için evleniyor. Yaşıtları evlendi, çoluk çocuk sahibi oldu diye kendinde eksiklik hissetmiş. Laf aramızda nişanlısını sevdiği falan yok.

34. Gelinliği kiralayacaklarmış, nasıl olsa bir kere giyilecekmiş, boşu boşuna masraf etmeye gerek yokmuş. Bir kere giyilecek ama bir genç kız için hayatının en önemli kıyafeti, kendine ait bir gelinliği olsa daha iyi olur. İnsan hayatında kaç kere evleniyor ki?

35. Daha önce ikisinin de başından evlilik geçtiği için düğün yapmak istemiyorlarmış. Düğünün anlamını bilmiyorlar o zaman. Düğün; evlenme dolayısıyla yapılan bir eğlencedir. Bunun için birkaç kere evlenmiş olmak bir şeyi değiştirmez.

36. Kesinlikle bu evliliğe izin verilmemeli. İkisi birbirine denk değil, aralarında dağlar kadar fark var. Onlar birbirleriyle anlaşmış olabilirler ama aileler çok önemli.

37. Balayına nereye gidecekler acaba? Pahalı bir yere gitsinler, insan hayatında bir kere balayına çıkar.

38. Damat kızımızı gerçekten seviyor mu acaba? Bir deneme yapsak, damadı baştan çıkaracak bir kadın göndersek, bakalım ne yapacak?

39. Kız ucuza gidiyor, haberleri yok. Takı diye üç beş tane altın almışlar, düğünde onu takacaklarmış. Ben kızın ailesinin yerinde olsam huysuzluk çıkarırım valla. Kız oğlan kız alıyorlar, paraya kıyamıyorlar. Bu zamanda nerde bulacaksın böyle kız.

40. Damadın evi ve arabası hazır olmadan kızı vermeyin. Ailesi oğullarına biraz koltuk çıksın. Çocuklarını evlendiriyorlar, bu iş o kadar kolay mı? Mezara mı götürecekler paralarını?

Evlendim.

1. Allah mesut etsin. Ömürlerinin sonuna kadar bir yastıkta kocasınlar.
2. Küçüklüklerinden beri birbirlerini çok seviyorlardı, aileleri yüzünden bir türlü bir araya gelemiyorlardı. Nihayet aşkları mutlu sonla bitti, çok sevindim.
3. "İlk görüşte birbirimize âşık olduk, evlendik," diyorlar. Aşk çiçek isimleriyle başlar, hayvan isimleriyle son bulur. İnşallah onlar evliliklerinde hep çiçek isimlerini kullanırlar.
4. Ne zaman büyüdü de evlendi... Zaman ne çabuk geçiyor. Doğumunu daha dün gibi hatırlıyorum. Sanki Allah birbirleri için yaratmış onları, birbirlerine çok yakışmışlar.
5. Mal varlıkları bölünmesin, para dışarı gitmesin diye yakın akraba evliliği yapmak zorunda kaldılar. Çocuklar birlikte büyüdüler, nasıl birbirlerinin koynuna girecekler şimdi? Allah analarına babalarına akıl versin.

Her şey para olmuş bu dünyada.

6. Metroseksüel bir erkekle evlendi. İkisinin aylık bakım masrafları çok tutuyormuş, hepsini yurt dışından getirtiyorlarmış. Bakımlı olmak iyi de, bunlar biraz abartmış. Ninelerimizden kalma doğal yöntemler var, onları kullansınlar.
7. Gelin damattan bir kaç yaş büyükmüş. Kadın eğer kocasından yaşça büyük olursa ileride çok zengin olurlarmış. Bakalım, hep birlikte göreceğiz bu laf doğru mu?
8. Bu devirde kız kaçırmak kaldı mı? "Kaçarak evlendi," diyorlar. Bravo doğrusu, büyük cesaret, ne heyecan yaşamışlardır.
9. İki üvey kardeş birbirleriyle evlendi. Ateşle barut bir arada durmaz, diye defalarca söyledik ama dinleyen kim. Ailesi böyle saçma sapan bir evlilik yaparsa çocuğundan da bu beklenir.
10. Evlendiler ama bakalım sonları ne olacak. Yeni evlilerin kaynana ile oturması doğru değil. Kendilerine ev açacak durumları yoksa niye evlenmeye kalkışırlar hiç anlamam doğrusu.
11. Sonradan görmeler, parayı nereden kazandıkları belli değil, düğünde harcadıkları parayla kaç kişinin karnı doyardı.
12. Kız özürlü bir gence âşık oldu. İlk başta herkes evlenmelerine karşı çıktı. Cesur davranıp devam ettiler. Çok iyi anlaşıyorlar, güzel bir evlilikleri var.
13. Yeniden evleneceği kimsenin aklına gelmezdi. O kadar çileler çektikten sonra, iyi cesaret valla, birincisinde

yüzü gülmedi, bunda yüzü güler inşallah.

14. Babaları ortak olsun, daha çok iş yapsın, daha çok para kazansın diye evlendirildiler. İkisinin de sevdiği varmış. Evlenecekler diye sevgilileri birbirinden ayırmışlar. Böyle evlilik olur mu? Sevgi yok, aşk yok, hiçbir şey yok.

15. Ben evlenmelerine bir şey demiyorum da, kadın kalktı bir de bu yaştan sonra gelinlik giydi, ona şaşırdım kaldım. Gelinlik el değmemişliğin, saflığın simgesidir. Kadının ne saflığı, ne el değmemişliği kalmış artık Allah aşkına.

16. Çok güzel bir düğün yaptılar ama yine de kimseyi memnun edemediler. Kimisi yemeği, kimisi müziği, kimisi de düğün yerini beğenmedi. Düğünden sonra herkes bir şeyler söyledi durdu.

17. Ailesi onunla evlenmesini hiç istemedi. Başka biriyle evlenmesini istiyorlardı. Ama kimseyi dinlemedi, burnunun dikine gitti. Evlenmek uğruna ailesini kaybetti.

18. Cicim ayları bir geçsin, ondan sonra görürler evlilik hayatını. Şimdi birbirlerine en iyi yanlarını gösteriyorlar. Hepimizin başından geçti. Kolay zannediyorlar bu işi.

19. Evlendiler ama evlendikleri günü ömür boyu kötü bir şekilde hatırlayacaklar. Düğüne giderken zincirleme kaza oldu, aileden birçok insan öldü. Düğün ve cenaze bir arada yaşandı. Ne şansızlarmış.

20. Annesi hasta diye evlenmekten vazgeçmişti. Annesinin doktoru, "Annen senin evlendiğini görmek istiyor, belki bu onun son arzusu olabilir," deyince evlenmek zorunda kaldılar.

21. Hiçbirimizin haberi olmadan yurt dışında gizlice evlendiler. Aradan yıllar geçtikten sonra evlendiklerini bize açıkladılar. Biz onları arkadaş sanıyorduk.

22. Tahsilli, zengin bir kız, nerden buldu bu çulsuzu? Adamın kazandığı para kızın makyaj malzemelerine bile yetmez. Herif akıllı tabii ki, nereden kız alacağını çok iyi biliyor. Ailesi kızını çok serbest yetiştirirse sonunda böyle olur işte. Kızı gönlüne bırakırsan ya davulcuya varır, ya zurnacıya.

23. Huzurevinde tanıştılar, birbirlerine âşık oldular, çok kısa bir süre sonra evlendiler. "İkinci baharımızı yaşıyoruz, çok mutluyuz," diyorlar. Mutluğu biraz geç buldular ama neyse, hiç bulamamaktan iyidir.

24. Aynı iş yerinde çalışıyorlardı, ikisi de evliydi, sonra eşlerinden boşandılar. Şimdi birbirleriyle evlendiler. Ne karışık bir durum.

25. Gencecik çocuk, Türkiye'de bu kadar genç kız varken gitti annesi yaşındaki kadınla evlendi. Birbirlerine âşık olmuşlar, ruh ikiziymiş. Atalarımız boşuna dememiş, "Gönül bu belli olmaz, aka da konar boka da."

26. Memlekette bir sürü bekar Türk genci varken gitti bir tane gavuru aldı. Adamı sünnet ettirdi, sevaba girdi, şimdi mutlu mesut yaşıyorlar.

27. Düğün yapmak için ailesi bankadan kredi çekmiş. Düğün başlamadan önce gelinle damadı kapıya koydular, böylece takı işini garantiye almış oldular. Düğünden sonra takıları satıp krediyi ödediler. Kel başa şimşir tarak.

28. İkisinin de önceki evliliklerinden çocukları var. Ev iyice karışık bir hal alacak. Nasıl hep birlikte oturacaklar? Odaları nasıl paylaştıracaklar? Bakalım bu kadar çocuk aynı evde geçinebilecek mi? Kim kime ne diye hitap edecek? Sorunlar daha da büyüyecek, farkında değiller.

29. Evlendiler ama bakalım sürdürebilecekler mi? Kız tutturmuş, annemi yalnız bırakmam diye, kızın annesiyle oturacaklarmış. Dağ dağ üstüne olur, ev ev üstüne olmaz.

30. Evlendiler de ne oldu? Evlilikleri şimdiden arapsaçına döndü. Kardeşleri birbirinden ayırmak zorunda kalacaklar. İki taraf için de zor, kadın da çocuklarından vazgeçmek istemiyor, adam da. Tek çocuk olsa durum biraz farklı olurdu. Kardeşlik ilişkileri de bozulacak. Bu kadar kalabalık ve karışık bir aile ortamında mutlu olmaları imkansız, çok büyük bir hata yaptılar.

31. Ailesi nasıl evlenmelerine izin verir? Anasında babasında hiç akıl kalmamış. O daha küçücük bir çocuk, bir evi çekip çevirecek durumda değil ki. Evcilik oyunu mu bu?

32. Evlendi de ne oldu? Sanki başı göğe mi erdi? Ben ona kariyer sahibi, zengin, adam gibi adamlar bulmuştum, gitti bir ipsiz sapsıza.

33. Kalabalık bir aileye gelin gitti. Şimdi herkes onu hizmetçi gibi kullanacak. O kadar söyledik, "Ayrı ev aç, kaynananın yanında sakın oturma, sonra çok pişman olursun," ama sözümüzü bir türlü dinletemedik.

34. İki kişiye göre çok büyük evleri var. Evin içinde at koştur. Eşyaları da az almışlar, her taraf bomboş görünüyor. Madem bu kadar az eşya alacaklardı, niye büyük ev tuttular?

35. Kendinden çok yaşlı biriyle evlendi. Arada bu kadar yaş farkı varken mutlu olmaları imkansız. Kesinlikle evlilikleri karşılıklı çıkar ilişkisine dayanıyor. Al gülüm, ver gülüm.

36. Evlerine çok eşya aldılar. Bir sürü borcun altına girdiler. Nasıl ödeyecekler bu kadar borcu? Hepsini bir anda almak zorunda mıydılar? Paraları oldukça, yavaş yavaş alırlardı. Millete gösteriş yapacağız diye her şeyin en iyisinden aldılar, kendilerini de zor duruma soktular.

37. İkisi de ayrı dinlerden olunca evlilikleri de ilginç oldu. Hem kilise töreni, hem de imam nikahı yapıldı. Evlilikleri sağlam olsun diye çift dikiş attılar. Şimdi artık zor ayrılılar.

38. Balayına çok güzel bir yere gitmişler. "Rüya gibi bir balayı geçirdik," diye anlatıyorlar. Çok uzun sürmez, birkaç yıl sonra rüyadan uyanır, hep kabus görmeye başlarlar.

39. Nasıl olsa beni alan aldı, diye düşünmeye başladı. Evlendikten sonra çok kilo aldı. Bir kadın kocasının karşısına daima bakımlı ve hoş çıkmalıdır. Yarın öbür gün kocası aldatırsa, bakalım o zaman ne yapacak? Zayıflasa da çare olmayacak.

40. Kız çok şanslı, ailenin tek erkek çocuğuyla evlendi. Damadın ailesi masraftan hiç kaçınmadı, krallara laik bir düğün yaptı. Gelini takı yağmuruna tuttular, takılar kızın üstüne sığmadı, kocaman bir bavul getirdiler, onun içine koydular. Ben şans diye buna derim.

41. Evlerini dayayıp döşemişler, o kadar da para harcamışlar ama hiçbir şeye benzetememişler. Çok zevksizler.

42. Küçücük bir evleri var. Eşyalar evin için çok zor sığmış. Şu koskoca memlekette oturacak başka bir ev bulamadılar mı?

43. Yeni evlilerin evine yemeğe gittik. Kız doğru dürüst yemek yapmayı bilmiyor. Bir iki uyduruk bir şey yapmış, geri kalanları dışardan satın almışlar. Madem yemek yapmayı bilmiyor, o zaman niye evlendi, bizi niye yemeğe davet etti?

Çocuğum yok.

1. Evleneli ne kadar oldu hâlâ bir çocuk sahibi olamadılar. Onunla aynı zamanda evlenenler kaçıncı çocuklarını kucaklarına aldılar.

2. "Kariyer yapacağım," diye çocuk doğurmayı erteledi. İşte şimdi kariyerinin en üst noktasına geldi ama çocuk doğuracak yaşı çoktan geçti.

3. Ünlüler bile çocuk sahibi olmanın önemini anlamışlar. Bazılarının çocuğu olmadığı için, bazıları da erken yaşta çocuk sahibi olamadığı için bin pişman olmuşlar. Televizyonda konuşurlarken duymuştum. Anlayan anladı, bunlarda hâlâ tık yok.

4. Kariyer de ne demek? Kadın önce ana olmalı ana, çocuklarını büyütmeli. Hayatta çocuk sahibi mi olmak önemli, kariyer sahibi olmak mı? Erken kalkan yol alır, er evlenen döl alır.

5. Kadın dediğin çocuk doğurmalı, evinin kadını olmalı,

çalışmak da neymiş. Kırsın kıçını evinde otursun.

6. Çocukları olursa kim bakacak, diye düşünüp duruyorlarmış. Biz ne güne duruyoruz? Kaç tane çocuk büyüttük, onunkine de bakacak gücümüz var herhalde.
7. Onların keyfini bekleyecek vaktimiz yok. Bir ayağımız çukurda, biz de torun torba sahibi olmak istiyoruz. Dünya gözüyle torunlarımızı kucağımıza almak istiyoruz.
8. Çocuk evliliğin meyvesidir. Çocuksuz ev bereketsiz olur.
9. Diğer bütün çocuklarım bana torun verdi, bundan bir torun göremezsem gözüm açık gider.
10. Evlendiğin zaman hiç vakit kaybetmeden hemen çocuk yapacaksın. Hem kendini hem de evliliğini garanti altına alacaksın.
11. Kocanı eve bağlamanın en kolay yolu, ona bol bol çocuk doğurmaktır.
12. Çocuk yapacak maddi durumları yokmuş. O da ne demek? Çocuğu veren Allah, rızkını da beraber verir. Kimse acından ölmemiş bu dünyada.
13. Çocuğu olan adam karısını kolay kolay başından atamaz. Gözü dışarıda olsa bile akşama döner gelir evine.
14. Ne demişler, kadının karnından sıpayı, sırtından sopayı eksik etme.
15. Çocuk bir yuvanın temel taşıdır. Çocuk ailenin neşe kaynağıdır.
16. İstiyoruz diyorlar ama henüz bir faaliyet göremedik. Birinden biri kısır olmasın sakın?

17. Çocuklu ev pazar, çocuksuz ev mezara benzer. Bunları atalarımız söylemiş. Herhalde bir bildikleri vardır.

18. Hemen çocuk sahibi olmamaları çok daha iyi, en azından birbirlerini tanıyacak fırsatları olur. Zaten günümüzde boşanmalar da çoğaldı. Sonra çocuklar perişan oluyor, iki arada bir derede kalıyorlar. Çocuk büyütmek kolay mı?

19. Evlenmelerini hiç istemedim zaten. Temiz kalpliyim ben, bunların olacağı sanki içime doğdu. Bak şimdi çocukları olmuyor işte.

20. Çocukları olursa boşanmaları da zor olur. Hiçbir anne baba kolay kolay çocuklarına kıyamaz.

21. Allah kadını çocuk doğursun diye yarattı, ona analık duygusunu verdi. Herkes yerini bilmeli. Baba çalışır eve ekmek getirir, anne çocuk doğurur çocuklarına, kocasına ve evine bakar.

22. Vücudu bozulacak, diye çocuk doğurmuyormuş. Bir yaşıma daha girdim, duyan da mankenlik yapıyor sanır. Mankenler, sanatçılar bile çocuk doğuruyor, vücutları onlar için çok önemli, dış görünüşlerinden para kazanıyorlar, hamileyken bile çalışıyorlar. Doğumdan kısa bir süre sonra yine eskisi gibi işlerinin başına dönüyorlar. Hamileliğinde boğazını tutamazsa formuna özen göstermezse tabii ki vücudu bozulur. Çocuksuz kadın meyvesiz ağaç gibidir.

23. Çok para harcadılar bu çocuk işine. Gitmedikleri doktor, denemedikleri yöntem kalmadı. Yurtdışına bile gittiler ama nafile. Onların harcadığı bu parayla kaç tane çocuk okutulurdu. Olmuyorsa olmuyor, üstüne gitmenin ne âlemi var.

24. Tıpta bile yeri var. Doğum kadını bir sürü hastalıktan koruyormuş. Kadın hayatında en az bir kere doğurmalıymış.
25. Ben ona çok güzel bir kısmet bulmuştum ama o yine burnunun dikine gidip bununla evlendi. Benim dediğimle evlenseydi şimdi aslanlar gibi çocukları vardı.
26. Soylarını devam ettirmek zorundalar. Yoksa evlenmelerinin ne anlamı var.
27. Ne yapacağız şimdi, belki de (kız) (erkek) kısır çıktı. Bizden korktukları için gizliyorlar. Ben onları bilirim, ikisi de çok ketumdur.
28. Tıp çok ilerledi artık çocuk sahibi olmak için bir sürü yöntem var. Çocukları olmuyorsa doktora gidip yeni yöntemleri denesinler. Allahtan ümit kesilmez.
29. Çocuk için her şeye değer doğrusu. İkisinin de hali vakti yerinde. Mezara mı götürecekler bu kadar parayı?
30. Günde kaç paket sigara içiyorlar, kola içiyorlar, kahve içiyorlar, sağlıksız besleniyorlar, kısır oldular işte. Bizim zamanımızda kısır insan sayısı parmakla gösterilecek kadar azdı. Bizler sağlıklı besleniyorduk. Şimdiki gençler hiç kendilerine dikkat etmiyorlar.
31. Dünyanın en güzel kokusu çocuk kokusudur. Çocuklarım olmasaydı benim için hayatın bir önemi olmazdı.
32. Tüp bebek yaparlar. Artık moda oldu, herkes yaptırıyor. Bu gidişle normal yöntemlerle çocuk sahibi olmak pek yakında tarihe karışacak. SSK bile tüp bebek olayını destekliyor.

33. Ben bir dua biliyorum, bu duayı 41 kişi, 41 kere, 41 perşembe gecesi aynı anda okursa 9 ay 10 gün sonra, 41 kere maşallah, diyecekleri bir çocukları oluyor. Bir de bunu denesinler.

34. Yeni doğmuş bir çocuğu evlat edinsinler. Sıcak bir yuvaya muhtaç pek çok çocuk var etrafta. Hem sevaba girmiş olurlar, hem de bir çocuğun hayatını kurtarmış olurlar.

35. İnsanın kendi yavrusu gibi olur mu hiç? Aynı sevgiyi başkasının çocuğuna nasıl gösterebilir ki?

36. Sanatçılarda evlat ediniyor, yanlış bir durum yok ki bunda.

37. Çocuğun anası kim, babası kim, belli değil. Soyu sopu nereye dayanır, hırlı mı hırsız mı bilinmez. Dertsiz başlarına dert açacaklar.

38. Olmuyorsa olmuyor, ne yapalım yani, elden ne gelir. Allahın bir bildiği var deyip kaderlerine razı gelsinler.

39. Allah isteyene vermez istemeyene sürüsüne bereket çocuk verir. Bu ne biçim adalet?

40. Çocukları olmuyorsa bu kadar mal mülk kime kalacak? Ne kadar zor bir durum, yıllarca çalışıp para kazandılar ama kimseye faydası yok.

41. Çocuğu olmayan pek çok insan malını mülkünü hayır kurumlarına bağışlıyor. Onlar da öyle yaparlar.

42. Hocaya gitsinler. Kendilerini bir okutup üfletsinler. Hoca onlara muska yazar, hiçbir sorunları kalmaz. Yalnız muskayı her zaman üzerlerinde taşımaları lazım, yoksa bir işe yaramaz.

43. Benden söylemesi, onların üzerinde nazar var. Kurşun döktürmeleri lazım, birbirleriyle çok iyi anlaşıyorlar maddi durumları da iyi, tabii ki, doğal olarak herkes muhabbetlerini kıskanıyor. Göz var göz, başka bir şey olamaz. Gözü olanın gözü çıksın!
44. Birisi bunlara büyü yapmış olabilir. Hocaya gidip büyüyü bozdurmaları lazım, bozduramazlarsa ömür boyu çocukları olmaz. Yoksa ikisi de aslan gibi, niye çocukları olmasın ki...
45. Önceki evliliğinden çocuğu yoktu. Bu evliliğinden mutlaka bir çocuğu olmalı.
46. Bir hoca biliyorum, nefesi çok kuvvetli, çocuğu olmayanı okuyup üflüyor, 9 ay 10 gün sonra çocuğunu kucağına alıyorsun.
47. Kaşıkçı dedeye gidip kaşık çevirsinler. Kaşıkçı dedeye gidip de çocuk sahibi olan çok insan tanıyorum.
48. Yatırlara gitsinler, adak adasınlar, çok faydasını görürler. Bizim tanıdıklar öyle yaptı, şimdi hepsinin çocuğu var.
49. İlk çocuğunu aldırdı, diyorlar. Biraz büyük sözü dinlemesi lazımdı. Büyüklerimiz hep söyler, ilk çocuk aldırılmaz diye. Bak şimdi ne duruma düştüler. Allah'a karşı geldiler, Allah da onlara başka çocuk vermiyor.
50. Kız evlendiğinden beri kaç tane düşük yaptı, ne kadar uğraşsalar da rahmi bir türlü çocuk tutmuyor.
51. Çocuk için çok geç kaldılar. Bu yaştan sonra çocuk sahibi olmak çok tehlikeli, sakat doğma ihtimali var.
52. Biz defalarca söyledik, "Kendi yaşıtınla evlen," diye. O gitti kendinden kaç yaş büyük biriyle evlendi. Şimdi

çocuk olacak diye bekle. Davul bile dengi dengine derler.

53. İkisinin de önceki evliliklerinden çocukları var zaten. Varsın şimdi çocukları olmayı versin, ne çıkar?
54. Evlenmeden önce kesinlikle kısırlık testi yaptırmak gerekiyor. İnsan evlilik kararını ona göre verir. Çocuğu olmayan biriyle niye evlenilsin ki?
55. Kan uyuşmazlığı varmış aralarında, o da tehlikeli bir durum. Belki o yüzden çocukları olmuyor.
56. Yakın akraba evliliği yaptılar, çocuklarının olmaması bence daha iyi, sakat olma ihtimali çok yüksek.
57. Çocuğu olmuyorsa boşamak adamın hakkıdır. Dalyan gibi adam, kısır kadını ne yapsın?
58. Eğer çocuk tutmuyorsa şey yaptıktan sonra rahmine limonlu pamuk koyacak, bir süre öyle yatacak, o zaman kesin tutar.
59. Boşanmalarına hiç gerek yok. Kitapta bile yeri var, çocuğu olmayan kadının üstüne kuma getirebilir. Hatta çocuğu olana kadar başka kumalar bile getirebilir.
60. Böyle bir kadını kocası başının üstünde taşımalı. Kocasının çocuğu olmuyormuş, kadıncağız suçu kendi üstüne almış. "Benim çocuğum olmuyor," diyormuş.
61. Çocuk oldu mu ya ikiz olmalı ya da aralarında fazla yaş farkı olmamalı. Birinciyi büyütürken ikinci de aradan çıkar.
62. Çocukları olursa, mutlaka ilk çocuk erkek olmalı. İkincisi üçüncüsü ne olursa olsun önemli değil. Erkek çocuk onların soyunu devam ettirecek.
63. Çocuğun düşmesini önlemek için ırmak yengeciyle

akrebi beze bağlayıp üzerinde taşıması lazım. Tabii ki ölü olmaları gerekiyor, canlı koymaya kalkmasın sakın, yoksa kötü olur.

64. Bence ilk çocuk kız olmalı. Büyük kız olursa daha iyi, yaşlandıklarında bakacak kimseleri olur. Erkek evlattan hayır yok.

65. Önceki evliliklerinden olan çocuklar başka, bu başka. İkisi de daha genç, isterlerse yine çocuk sahibi olabilirler.

66. Erkek evlendikten sonra hanım köylü olur. Karısının sözünden dışarıya çıkmaz. Karısının ailesini başının tacı eder. Varsa yoksa karısının ailesi, kendi çıktığı yeri unutur, sadece girdiği yere bağlanır kalır. Kız evlat öyle mi? Her zaman anasıyla babasıyla ilgilenir. Her ihtiyacına kız evladın koşar.

67. Kızı erkeği fark etmez aslında Allah elli yüzü düzgün, sağlıklı, vatana millete hayırlı bir evlat versin yeter. Bizde bir sürü çocuk var da ne oldu? Hepsi hayırsız çıktı. Halimizi hatırımızı sormuyorlar bile. Sadece işleri düştükleri zaman gelirler. Kendilerine hayırları yok, bize mi olsun?

68. Çocuklarının olmaması bence iyi, evladın var mı derdin var. Evladın varsa bin derdin var, evladın yoksa bir derdin var.

69. Çocuksuz evlilik daha güzel, çocuk insana ayak bağı oluyor. İnsan kendi hayatını özgürce, dilediği gibi yaşayamıyor. Hayatının her aşamasını çocuğa göre düzenlemek zorunda kalıyor.

70. Ömürlerinin sonuna kadar kukumav kuşu gibi oturup birbirlerini mi seyredecekler? Böyle ömür geçer mi? İnsan kendi eserini görmek ister. Çocuk insanın hayatına bir anlam katar.

71. Evlenmeden önce, "Hele bir evleneyim, bir düzüne çocuk yapacağım," diyordu. Büyük lokma ye büyük söyleme. Aldı bir kısırı oturdu aşağıya, şimdi bir düzine çocuğu ancak rüyasında görür.

72. Zaten bu dünyanın çivisi çıkmış. Böyle bir ortamda çocuğunu nasıl iyi yetiştirebilirsin? Ona ne gelecek sağlayabilirsin? Çocuğa yazık, yarın öbür gün hesap sormaz mı, "Beni niye bu dünyaya getirdiniz?" diye.

Hamileyim.

1. Hayırlı uğurlu olsun, Allah tamamına erdirsin.

2. Acaba kız mı, erkek mi olacak? Diğeri kızdı, bu erkek olur inşallah.

3. Kesinlikle emin, değil mi? Bence işini sağlama alsın bir de kan testi yaptırsın, bazen yanılgı olabiliyor.

4. Eli ayağı düzgün, sağlıklı, ailesine, vatanına milletine hayırlı bir bebek olur inşallah.

5. Hamilelik çok zor, mide bulantıları, baş dönmeleri, halsizlik, bir sürü problemler yaşayacak. Vücudu bozulacak, kilo alacak, çirkinleşecek, kocası onu artık beğenmeyecek, eskisi gibi rahat hareket edemeyecek, doğum sancıları çekecek, bebek olduktan sonra uyku uyuyamayacak, bir sürü sıkıntı onu bekliyor. Bütün bunlara hazırlıklı mı?

6. Eskiden ailecek heyecanlı bir dokuz ay on gün geçirirdik. Cinsiyetini öğrenmek için herkes kendine göre bir tahminde bulunurdu. Hatta iddiaya bile girilirdi. Doğunca herkese sürpriz olurdu, aile içinde sen bildin ben bildim konuşmaları şakalaşmalı yaşanırdı. Ultrason çıktı sürpriz bitti, tahminler ve yöntemler çöpe gitti.

7. Artık o iki canlı oldu, kendine ve bebeğe çok iyi bakması gerekiyor. Yediklerine, içtiklerine, uykusuna, hareketlerine her şeyine dikkat edecek. Bu çok büyük bir sorumluluk.
8. Erken oldu, daha yeni evlenmişlerdi. Evliliğin tadını çıkaramadan bir de çocukla uğraşacaklar. Akıl kalmamış bunlarda.
9. Sekiz aylık oluncaya kadar hiçbir eşya almasınlar. Allah korusun ama bazen düşük olabiliyor. Sonra aldıkları eşyalar boşa gidebilir.
10. Ben bilirim onu, şimdi kilo alacağım diye doğru dürüst yemekte yemeyecek. Hamileliğinin son aylarında küçük bir top yutmuş gibi ortalıkta gezer herhalde.
11. Çok kolay, rahat bir hamilelik geçirsin, Allah bir avazda kurtarsın.
12. Bütün aile sevinçten havalara uçtu, uzun süredir bebekleri olsun diye herkes gözlerinin içine bakıyordu.
13. Geç oldu ama güç olmaz inşallah. Bu yaştan sonra nasıl doğuracak o bebeği, karnında nasıl taşıyacak bu kadar yükü? Allah kolaylık versin.
14. Ne isterse onu yaptırabilecek bir gücü var artık. Bütün aile üstüne titreyecek. Bu güç her zaman ele geçmiyor. Canı hep bir şeyler çeksin, biraz babaya naz yapsın.

Nasıl olsa doğumdan sonra her şey yine eskisi gibi olacak. Bu dönemin kıymetini bilsin.

15. Özellikle ilk üç ay içinde ağır kaldırmamalı, kendini zorlayacak işler yapmamalı. Bu dönemde bebeğin düşme tehlikesi çok yüksek.

16. Süt içmeye, yoğurt yemeye hemen başlasın. Çocuğun kemikleri, dişleri sağlam, kuvvetli olur. Ayrıca bol bol sebze ve meyve yemeği de ihmal etmesin.

17. Babası şimdiden anneyi şımartmaya başladı. "Karıcığım karıcığım," diyor başka bir şey demiyor. Karısına hiçbir iş yaptırmıyor. Bütün evin işi, alışverişi; her şeyi üstlenmiş durumda. Böyle giderse yakında kılıbık erkek olacak.

18. Yürüyüş ve hafif bir spor yaparsa doğumu çok kolay olur. Köyde kadınlar tarlada çalışırken çocuk doğuruyorlar. Oturmak olmaz, kesinlikle hareket etmesi gerekiyor.

19. Hamileliği sırasında mutlaka her ay doktora gitmeli. Ultrasona girip çocuğun gelişimini takip etmeli. Doktorun verdiği ilaçları kullanmalı.

20. Birkaç ay sonra babasıyla birlikte doğum egzersizi eğitimi veren bir yere başlasınlar. Çok faydasını görürler. Artık babalar da doğuma girdiğine göre, annenin doğum sırasında neler yaşadığını öğrenmesi gerekiyor.

21. Bu sıcaklarda hamileliği çok zor geçecek. Keşke bu işi kışa doğru ayarlasalardı da anne bu kadar zorlanmasaydı.

22. Acaba cinsiyeti için bir çalışma yaptılar mı? Çocuğunun kız olmasını istiyorsan farklı, erkek olmasını istiyorsan farklı pozisyonlar kullanılıyormuş. Ben de söyleyenlerin yalancısıyım.

23. Yazık kızcağıza, doğuştan şansız. Doğuma kadar çalışmak zorunda mı? Koçası adam gibi biri olsaydı para kazanır karısını çalıştırmazdı. Bahtsız kız.

24. Hamileliğinde kesinlikle sinirlenmemesi ve üzülmemesi gerekiyor. Bebek için bu çok önemli. Sakin rahat ve huzurlu bir hamilelik geçirirse çocuk ömür boyu sorunsuz oluyormuş. Ayrıca klasik müzik dinlemeli ve bebeğe de dinletmeli.

25. Normal doğum olması için doktoruna ısrar etsin. Doktorların çoğu sezaryen yapmak istiyor. Sezaryen bir doğum şekli değil, bir ameliyat şeklidir. Yurtdışında sezaryenle doğum normal doğum oranına göre çok düşük. Ülkemizde, özellikle şehirlerde, kadınlara normal doğumu unutturdular. Köylerde hâlâ analar normal doğuruyor.

26. Sütünün bol olması için bol bol sütlaç yesin. Kahve, kolalı içecekler ve sigarayı asla içmesin. Hatta sigara içilen ortamda dahi bulunmasın. İçkiyi söylememe gerek yok sanırım.

27. Özel hastanede veya SSK'da doğurması o kadar önemli değil. Ancak çocuğun karışmasını önlemek için koluna veya bacağına mutlaka bir işaret koysun. Eskiden beri karışan çocuk hikayelerini hep duyuyoruz.

28. Ailede o kadar çok çocuk var ki, kimse yeni bir hamilelik haberiyle ilgilenmiyor.

29. İkiz olursa çok güzel olur, hele biri kız biri erkek olursa tek seferde işi bitirmiş olurlar.

30. Çok şişman olduğu için hamile kaldığını anlamamış. Üç aylık olunca fark etmiş. Bu kadar kiloya bir de hamilelik kilosu eklenince işi çok zor olacak.
31. Zengin bir ailede hamile olmanın tadı da bir başka oluyor herhalde. Araba kullanmasını ve yorulmasını istemediklerinden her yere şoförle gönderiyorlar. El bebek, gül bebek bakıyorlar. Umarım doğumdan sonra da aynı özeni gösterirler.
32. Çocuğunun çift pasaportu olması için yurtdışında doğurmak istiyormuş. Ne günlere kaldık yarabbi.
33. Annesi ünlü olunca çocuk doğmadan para kazanmaya başladı.
34. Şimdiden dadı tutmuşlar. Bebek doğana kadar anneyle ilgilenecek, doğduktan sonra bebekle ilgilenecekmiş.
35. Hamileliğin daha ilk aylarında fıldır fıldır geziyor. Bebek bu kadar harekete gelmez. Maazallah bir düşerse sonra çok üzülür.
36. Çocuk kime benzeyecek çok merak ediyorum. Güzelliğini annesinden, zekasını babasından alır inşallah. Tersi olursa durum kötü.
37. Bu kaçıncı hamilelik? Kimse bunlara doğum kontrolü diye bir şeyin varlığından bahsetmedi mi? Sokaklarda çalıştırmak için çocuk doğuruyorlar. Devletin bu işe bir el atması lazım. AB'ye girmek istiyorlar ama ortada bu kadar çocuk varken bizi alacaklarını hiç sanmıyorum.
38. Bebek odasını hazırlamışlar, her yeri oyuncakla doldurmuşlar. Çok acele ettiler, inşallah bir aksilik olmaz.
39. Karnı burnunda, tatile gideceklermiş. İyi cesaret valla, bu gidişle yollarda doğurursa hiç şaşmam.

Çocuğum oldu.

1. Çocuk büyütmekten ne anlar onlar, daha yeni evlendiler. Birbirlerini iyice tanımadan, anlamadan bir de çocuk sahibi oldular. İkisi de çalışıyor, el kadar çocuğu ya dadı büyütecekmiş ya da yuvaya vereceklermiş.
2. Çocuğun annesi özellikle doğumunun sezaryenle olmasını istedi. Normal doğumda çocuk sıkışıyormuş, strese giriyormuş, ayrıca çocuk sezaryenle doğarsa daha akıllı oluyormuş. Biz hepimiz normal doğduk, normal doğurduk, aklımızda yerinde çok şükür. Sürekli yeni yeni adetler çıkarıp duruyorlar.
3. Doğumdan sonra çok uğraştılar ama iş işten geçti. Kızın sütü bir türlü gelmiyor. Biraz büyük sözü dinlemesi gerekiyordu. Kilo alacağım diye doğru dürüst bir şey yemedi. Ona hamileyken bol bol süt iç dedik. Çocukcağız anne sütü almadan nasıl büyüyecek şimdi?
4. Evde hayvan varken o bebecik sağlıklı büyüyemez ki. Hayvan bu, ne yapacağı belli olmaz. Isırsa, bir tarafına zarar verse sonra ne yapacaklar. Tüyleri çocuğu hasta eder. Nasıl ana baba bunlar, ikisi de hayvanlarından vazgeçmiyorlar, çocuklarının sağlığını düşünmüyorlar.
5. Ailesi çok yüz veriyor. Özellikle babası her istediğini alıyor ama yine de çocuğu mutlu edemiyorlar. Bu gidişle ömür boyu da mutlu edemeyecekler. Çocuğun her istediği yapılır mı? Arsız yetiştiriyorlar.
6. Erkeği bulana kadar çok uğraştılar. Sonunda beşincisi

erkek oldu. Başları göğe ermiştir umarım. Babası etrafta, "Erkek adamın erkek oğlu olur," diye dolaşıyor. O kadar çok denedikten sonra iyi ki de oldu, bir de olmasaydı, demek ki babası erkek adam olmayacaktı!

7. Bebeğin görünen bir yerine nazar boncuğu takmaları lazım, annesi, "Benim böyle batıl inançlarım yok," diyor. Çocuk ortadan çatlarsa ne yapacak bakalım? İyi göz var, kötü göz var.
8. Çocuk doğduğundan beri, "Biraz büyü, ucundan azıcık keseceğiz," diye çok söylediler. Sünnet günü yaklaştıkça geceleri ağlayarak uyanmaya başladı. Düğün günü geldi çattı, çocuk, "Kestirmem!" diye tutturdu. Ailesi, "Acımayacak, biz şaka yaptık," diye zar zor ikna etti. El kadar çocuğa yaptıklarına bak, ne biçim çocuk büyütüyorlar, çocuklarına verdikleri zararın farkında değiller.
9. Annesi babası çalışıyor diye çocuğu dadı büyütecek. Annenin büyütmesi gibi olur mu hiç? Kariyer diye tutturmuşlar, kendi çocuklarıyla ilgilenmiyorlar. En azından üç yaşına kadar anne kokusuyla büyümeli, sonra isterlerse yuvaya verirler.
10. Çocukları olduğu için ağzı kulaklarında geziyorlar. Yaptığı hareketleri abartarak millete anlatıyorlar. Sanki bu dünya üzerinde başka çocuk ve aile yokmuş gibi davranıyorlar.
11. Kırkı çıkmadan işe başladı. Kocası doğru dürüst adam olsaydı hepsine yetecek kadar para kazanır, karısını çalıştırmaz, evde oturturdu. Hepimiz ona vakti zamanında bu adamla evlenme, çok zorluk çekersin

demiştik. Ama söz dinlemedi. Şimdi sütleri aka aka çalışmak zorunda.

12. Kadın bu çocuğu sırf kocası istiyor diye doğurdu. Çocuğa çok kötü davranıyor. Kadını yeni tanıyanlar üvey anne olduğunu düşünüyorlar.

13. Çocuğun psikolojisi bozulacak diye bir fiske atmıyorlar. Çok şımarık bir şey oldu. Hepimiz dayakla büyüdük. Çok aşırıya kaçmamak kaydıyla dayak cennetten çıkmadır.

14. Çocuk kısmetiyle geldi. Adam çok zengin, ama öyle böyle değil, parasının hesabı bilinmiyor. Nikahlı eşinden olan çocuklarının hepsi kız, yıllarca erkek çocuk istedi, fakat olmadı. Daha sonra bir kadınla yaşamaya başladı, kadın ona bir erkek çocuk doğurdu. Adam sevinçten havalara uçtu. Hem kadının hem de çocuğun üstüne bir sürü mal mülk yaptı. Anne de çocuğunu zenginlik içinde büyütüyor.

15. Ben ömrü hayatımda böyle bir koca görmedim. Karısı çalışıyor adam evde çocuk bakıyor. Koca dediğin ne yapar eder, gerekirse limon satar, yine de evini geçindirir. Kıyamet alametlerinin başladığı söyleniyor, bu da onlardan biri herhalde.

16. Çok yazık, Allah düşmanımın başına vermesin. Çocuklarının hepsi sakat doğdu. İşinden dolayı çok geç anne oldu. O zaman hepimiz söyledik bu yaştan sonra olmaz diye. Birincisi sakat doğdu bari diğerlerini doğurma. Hep bir umut besledi belki diğeri normal olur diye ama olmadı. Şimdi kendini çocuklarına adadı, çok zor şartlar altında hepsiyle uğraşıyor. Her birini ayrı ayrı okullara götürüyor. Bir anda yirmi yaş çöktü.

17. Çocuklarının sünnet düğününde su gibi para harcadılar. Alt tarafı küçücük bir parça kesilecek, bu kadar çok tantana etmeye ne gerek var. Ortada bir sürü aç insan var, onların karnını doyursalar ne olurdu sanki. En azından sevaba girmiş olurlardı.

18. Zırt pırt doktordalar. Neredeyse hastanede bir oda açtırıp orada yatıp kalkacaklar. Çocuğun hastalanmasına bile izin vermiyorlar. Sürekli doktor, ilaç, çocuğun çok üstüne düşüyorlar. Hepimiz çocuk büyüttük, demek ki bizimkiler çocuk değilmiş.

19. Yuva yaşı geldi hâlâ bir yuvaya vermediler. Bir de çocuk büyütmesini biliyoruz diyorlar. Çocuk yaşıtlarının arasında büyümeli, kadınların arasında değil.

20. Doğurmak en kolayı, önemli olan çocuğun terbiyesini verebilmektir. Özgür yetiştireceğiz diye terbiyesiz yaptılar. Yaşına başına bakmadan herkese boyundan büyük cevaplar veriyor.

21. Çocuğu kendileri değil pedagog büyütüyor. En ufak bir olayda soluğu pedagogda alıyorlar. Oraya harcadıkları parayla üç çocuk okutabilirlerdi. Çocuğun belirli yaş dönemleri varmış, biz onlardan anlamazmışız. Her şeyi çocuğun önünde konuşmamalıymışız. Eğer pedagogun dediği gibi yapmazsak büyüdüğün de birçok problemle karşılaşabilirmişiz. Bizim çocuk problemsiz olacak inşallah!

22. Hastalanmasın diye çocuğa çok dikkat ediyorlar. Nerdeyse evden dışarı çıkarmayacaklar. Nereye kadar koruyabilecekler çok merak ediyorum doğrusu.

Böyle giderse çocukta bağışıklık sistemi diye bir şey kalmayacak.

23. Kendine ve kocasına bakamadığı gibi şimdi de çocuğuna bakamıyor. Sen kim, çocuk bakmak kim! Evlerinde doğru dürüst yemek pişmiyor. Hep hazır yemeklerle besleniyorlar. Kocasının yerinde olsam bu kadını çoktan boşamıştım.

24. Babası çocuğa sürekli küfür öğretiyor. Çocuk küfürleri tam olarak söyleyemediğinde de ailecek çok gülüyorlar. Çok değişik bir eğlence anlayışları var.

25. Çocuğu doğurup bir kenara attı. Gezmekten, tozmaktan çocuğuna vakit ayıramıyor. Yabancı uyruklu dadıların elinde büyüyor. Çocukcağız Türkçe yerine değişik bir dil konuşmaya başladı.

26. Çocuklarına doğru dürüst vakit ayıramıyorlar, varsa yoksa işleri. Zavallı çocuk anneyle babayla bir şeyleri paylaşamadan büyüyor. Hayatları iş olmuş bunların. Sonra bu günleri çok ararlar ama iş işten geçmiş olur. Zamanı geri alamazsın.

27. Tuvalet eğitimi çok önemli, çocuk kaç yaşına geldi hâlâ hazır bezlere yapıyor. Kağıt bezlere verilen paraya acıyorum, resmen paralar çöpe gidiyor. Bizim zamanımızda hazır bez mi vardı? Kaç çocuk büyüttüm ben, her gün bez yıkamaktan anam ağlıyordu. Şimdikiler rahat, kullan at, niye uğraşsınlar ki.

28. Yeni moda bir şey çıkmış, babalar da doğuma girip çekim yapıyorlarmış. Baba da doğuma girdi, ancak manzarayı görünce, dayanamamış fenalık geçirmiş. Doktorlar anneyle uğraşmayı bırakıp babaya koşmuşlar. Bir erkeğin bir kadını, o halde görmesi ne kadar yanlış bir şey.

29. Çocuğu doğduktan sonra sapıttı. "Benim kariyerim var, ben bu kadar çalışmamı boşa harcayamam, babası işten çıksın, çocuğunu büyütsün," diyormuş. Bir yaşıma daha girdim. Baba çocuk büyütecek, anne çalışacak.

30. Annesi kesinlikle işten çıkmalı, en azından dört yaşına kadar kendi çocuğunu kendi büyütmeli, dört yaşından sonra gerekirse bir işe girer, çalışır. Çocuğu da o zaman yuvaya gönderirler, şimdi değil.

31. Çocukları oldu iyi güzel ama kim büyütecek? Anneanne çok yaşlı ve hasta, babaanne desen gezme meraklısı, dadı tutsalar hem çok para, hem de onlara güven olmuyor. Çok zor işleri, Allah kolaylık versin.

32. Çocuk doğurmak kolay ama bir de bakmayı bilseler daha iyi olacak. Yine (anneannenin), (babaannenin) başına atıp kendi keyiflerine bakacaklar. Hafta sonları iki gün yanlarına alıyorlar, sonra da çocuk büyütüyoruz diye ortalarda geziyorlar.

33. Bu kaçıncı çocuk, kedi gibi sürekli doğuruyor. Maddi durumu da iyi değil, konu komşu bakıyor. Bu kadar çok çocuğa nasıl bir gelecek hazırlayacak bunu hiç düşünmüyor. "Allah verdi," diyor başka bir şey demiyor.

34. Bir yıl sonra bir tane de erkek doğurmalı. Hem kızı hem oğlu olmuş olur. Çeşit olur en azından.

35. Annesi de, babası da engelli. Doğal olarak çocukları da engelli doğdu. Bunu bile bile niye çocuk sahibi olmak istediler, anlaşılır gibi değil. Kendileri zaten zor şartlar altında yaşıyorlar, bir de çocuklarını bu hayatın içine sokuyorlar.

36. Ben televizyonda bir programda izledim, orada konuşan psikolog diyor ki, "Çocukların arasındaki yaş farkı en az üç yıl olmalı, çocukların ve annenin sağlığı için bu çok önemli. Kimse buna dikkat etmiyor, bu yüzden anne ve çocuklar arasında bir sürü ruhsal problemler yaşanıyor." Şimdi bu çocukların arası çok az, neler olacak bakalım, hep birlikte göreceğiz.

37. Hemen ikinciye de yapmalılar bir arada büyürler, anne daha sonrasında rahat eder.

38. İsmini koymak aile büyüklerine düşerdi. Hiç kimsenin karışmaması gerekiyordu. Anne baba tutturdu ismini biz koyacağız, diye. Saçma sapan bir isim koydular, kimse ne olduğunu doğru dürüst söyleyemiyor.

39. Çocuk büyütmeyi öğrenmek için kurslara gidiyormuş. Duyduğum zaman çok güldüm. Çocuğun psikolojisi çok önemliymiş. Kursla çocuk büyütülür mü? Biz annemizden ne gördüysek onu yaptık.

40. Doktorlar, çocuğun sağlığı için en az bir yıl anne sütü ile beslenmesini tavsiye ediyorlar. Göğüsleri bozulacak diye çocuğuna süt vermeyip hazır mamalarla besliyormuş. Bu bence ana değil başka bir şey.

41. Ne kadar olay yapıyorlar bu çocuk büyütme işini. Dünyada bir tek onların çocukları var sanki. Köylerde yaşam böyle mi, bazen kaç tane çocukları var onu bile bilmiyorlar. Çocuklarının isimlerini bile bilmeyenler var.

42. Kocasından yana zaten dertli, sürekli kavga kıyamet, niye bir çocuk daha doğurur hiç anlamam doğrusu.

43. Bütün suç annenin, kocasını eve bağlamak için bu çocuğu doğurdu. Huylu huyundan vazgeçmez. Kocası yine bildiğini okuyor. Kesinlikle çocuğu aldırması gerekiyordu. Aile huzuru olmayan bir ortamda büyüyen çocuklar suça eğilimli oluyorlar. Eskiden suç işleyen insan sayısı çok azdı. Şimdi hırsızlık, adam öldürme, uyuşturucu, aldı başını gidiyor. Her şey ailede başlar.

44. Çocuğun hoşuna gidiyor diye bütün gün evde televizyon açık, bangır bangır bağırıyor. Ne biçim anne anlamadım. Böyle bir ortamda çocuk büyütülür mü? Belli saatlerde, belli programları izletmesi gerekiyor. Çocuk sünger gibi her şeyi çekiyor. Televizyon sayesinde neyin doğru neyin yanlış olduğunu bilmeden öğreniyor. Yarın öbür gün bu çocuk niye katil oldu diye sorarlarsa, ben biliyorum onlara ne diyeceğimi.

45. Özel okulda okuması en iyisi, yabancı dil öğrenmiş olur. Yurtdışına çıktığında zor durumda kalmaz. Bir lisan, bir insandır.

46. Çocuk yetiştirmek saksıda çiçek yetiştirmeye benzemez. Herkese çocuk sahibi olma hakkı verilmemeli, bu işin bir okulu olmalı. Okulu iyi dereceyle bitirenler çocuk sahibi olmalı, devlet bu işe kesin el atmalı. Sonra hepimizin başı ağrıyor, ortada bir sürü eğitimsiz insan dolaşıyor.

47. Anne ve babasından izin almadan çocuğu görmeye gidemiyoruz. Gittiğimiz zamanda istediğimiz gibi sevemiyoruz, oyuncak götüremiyoruz. Çocuğun psikolojisi bozulacak diye kimseyle görüştürmüyorlar.

Çocuğun kendi yaşıtı arkadaşları bile yok. Kavanoz içinde büyütmeye çalışıyorlar. Psikopat yetiştiriyorlar farkında değiller.

48. Ne olursa olsun, mutlaka İngilizceyi öğrensin, gerekirse yurt dışına dil okuluna gönderin, para harcamaktan sakın çekinmeyin. Çocuğunuza yatırım yapmış olursunuz. İleride çok büyük faydasını görürsünüz.

49. Çocuğunu yuvaya gönderemiyormuş, çünkü çok pahalıymış. Mademki doğru dürüst bakamayacaktı, o zaman niye çocuk doğurdu.

50. Kocasının erken gelen ölümü yüzünden bu ortamda babasız çocuk büyütmeye çalışıyor. Çocuklarına hem analık, hem de babalık ediyor. Kızın işi çok zor, Allah kuvvet versin. Çocuklar daha küçük, büyümeye başladıklarında mutlaka bir babaya ihtiyaç duyacaklar. Acısı geçtikten sonra yeniden evlenir, hem kendini hem de çocukları daha fazla perişan etmemiş olur.

Boşanmak istiyorum; el âlem ne der?

1. Eskiden böyle miydi, insan hayatında bir kere evlenirdi, ölene kadar aynı kişiyle evli kalırdı. Şimdi dakika başı boşanıyorlar.

2. Ele güne rezil mi edeceksin bizi? Otur oturduğun yerde. Ben kimseye, "Benim çocuğum evliliği başaramadı, şimdi boşanmak istiyor," diyemem.

3. Önce çocuklarını büyütsün, evlendirsin sonra boşanmak istiyorsa boşanır.

4. Evlendikleri günü dün gibi hatırlıyorum. Ne çabuk

boşanmaya kalktılar. Acele işe şeytan karışır.

5. Sen bu fikri bir an önce unut. Hiç bana söylememiş ol. Dünyada olmaz bu iş! Herkese ne diyeceğiz, ne açıklama yapacağız?
6. Yeni neslin ilişkileri böyle herhalde, sevgi, saygı kalmamış aralarında. En ufak bir kavgada boşanmaya kalkıyorlar.
7. Boşanmayı istediğini yıllardır herkese söylüyor, milletin diline düştüler. Bu iş tek taraflı olmaz. İki tarafın da istemesi gerekiyor. Senin istemenin bir önemi yok, sen git diğer tarafı razı et, öyle gel. Bakalım kaç yıl daha boşanmak istiyorum lafını dinleyeceğiz bundan.
8. Kimsenin kimseye tahammülü kalmamış artık. Biraz karşındakini idare edeceksin. Evliliği uzaktan kolay bir şey sanıyorlar. Önüne gelen evleniyor. Önemli olan evlenmek değil, evliliği sürdürebilmektir.
9. Biz onları çok iyi anlaşıyor bilirdik. Meğer ikisi de iyi tiyatrocuymuş, hepimizi kandırdılar. "Karda yürüyüp izini belli etme," lafı tam onlara göre biçilmiş kaftan.
10. Hemen boşansın. Elimde bir sürü eli yüzü düzgün, helal süt emmiş, özü sözü bir, evlenmek isteyen insan var. Mutlaka birinden biriyle evlendiririm onu, hiç merak etmesin, bana güvensin.
11. Kadıncağız yıllardır boşanmak istediğini söylüyor ama kimse dikkate almıyor. Duyduğum kadarıyla kadın da kendine bir çıkış yolu bulmuş. Kocasının yemeğine azar azar zehir koymaya başlamış. Bu durumda adam mezara, kadın da hapishaneye gidebilir. Allah kimseyi şaşırtmasın.

12. Irmakta giderken at değiştirmek olmaz. Sonra çok pişman olur.
13. Toplum tüketici olmuş. Evliliklerini de çabucak tüketiyorlar.
14. Evliliğimizde çocukların hatırı için nelere katlanıyoruz. Çocuklar olmasaydı ben de bir saniye durmazdım. Onunki can da, bizim ki patlıcan mı?
15. Madem bu kadar istiyorlar, boşansınlar. Ama bence evlerini hemen ayırmasınlar. Bir süre daha boşanmış olarak oturmaya devam etsinler. Belki araları daha da iyi olabilir, belli olmaz. Öyle yapan birçok insan tanıyorum. Sonra tekrardan belki evlenebilirler.
16. Boşanmak istemek de ne demek? Bizim sülalemizde boşanmak diye bir kelime yoktur. Ne olursa olsun herkes evliliğini sürdürmek zorundadır. Etrafına iyi bak, bizim sülalede boşanmış bir kişi bile göremezsin. İngiltere'de de böyle. Prens Charles bile leydi Diana öldükten sonra sevgilisiyle evlenebilmek için kaç yıl bekledi.
17. Bir sürü insan birbirini aldatıyor. Çoğu boşanmıyor, evliliğini sürdürüyor. Sende ne yapacaksan gizli yap, etrafa bir şey belli etme sakın. Karda yürü, izini belli etme demişler.
18. Bazı şeylere göz yumacaksın. Her şey senin istediğin gibi olmaz. Üç maymunu oynayacaksın.
19. Onlara, "Arkadaşlarınızla bu kadar sıkı fıkı olmayın, evinize herkesi sokmayın," diye defalarca söyledim. Bak şimdi yuvaları dağılıyor. Eşi en yakın arkadaşıyla berabermiş.

20. Şansı yokmuş yavrucuğun, kavun değil ki dibini koklasın. Ne yapalım, kısmeti böyleymiş.
21. Ben biliyorum, o kaynanası olacak kadın bunların arasını açtı. Oğlunu gelininden kıskanıyor. Çocuğun başının etini yemiştir, "Boşan boşan," diye. "Ben sana daha iyilerini bulurum," demiştir. Çocuk da annesinin sözünden çıkamaz, şimdi boşanmak istiyor.
22. Evlen, boşan, evlen, boşan, kaçıncı oldu, ben sayıyı unuttum. Alışkanlık haline getirdi, evliliği artık ayar tutmayacak.
23. İlla ki boşanacaksan kendini ona göre hazırla, bize sakın güvenme, bizden hiçbir şekilde yardım göremezsin, aileni unut.
24. Eğer boşanmayı kabul ederse malın mülkün yarısını istesin, öyle kolay kolay razı gelmesin, biraz zorluk çıkarsın. Minareyi çalan kılıfını hazırlar.
25. Bu kadar malı mülkü elinin tersiyle itecek mi? Kendini düşünmüyorsa bari çocuklarını düşünsün. Boşandıktan sonra adam karılarla, kızlarla yiyecek bütün parasını, bunlara bir şey kalmayacak.
26. Aldatıyor diye boşanmak olmaz, her erkek aldatır. Dünyanın en güzel kadını da olsan aldatılmaya mahkumsun. Erkeğin elinin kiridir, yıkar geçer. Sen kocana, yuvana sahip çıkacaksın, başka kadınlara kocanı yedirmeyeceksin. Tilkinin dönüp dolaşıp geleceği yer kürkçü dükkanıdır.
27. Başa gelen çekilir, çekmek zorundasın, başka şansın yok.
28. Bu zamanda artık kimse evlilik hayatında mutlu değil.

Herkeste bir sürü sorun var. Ama çözümü hemen boşanmakta bulmuyorlar. Başka yolları deniyorlar.

29. Evliliği sırasında bütün mal varlığını eşinin üstüne yaptı, şimdi eşi boşanmak istiyor, bizim salak da hiçbir hak talep edemiyor. Boşandıktan sonra dımdızlak ortada kalacak. Umarım bu yaşadıkları kulağına küpe olur.
30. Biraz gayret et, evliliğini kurtarmaya çalış. Boşanmak en kolayı, hemen kolay yolu seçme.
31. Şimdi siz boşanırsanız biz çocukların yüzünü nasıl göreceğiz? Çocukları bize göstermek istemeyebilir.
32. Çok fazla açıklama yapmadan bir an önce boşansalar iyi olacak, yoksa aile büyükleri sebebi öğrenirse kavga kıyamet kopar. Ayrıldıktan sonra birbirlerinin yüzüne bakabilecek durumda olmalılar. Ortada çocuklar var, mutlaka bazı günlerde bir araya gelecekler, en azından onlar zor durumda kalmamış olur.
33. Her işte bir hayır vardır. Allahtan çocukları olmamış. Çocuk olsa çok zor olurdu.
34. Bunu da mı beceremedi? Ben hayatımda onun gibi beceriksiz bir insan görmedim. Herkes yıllarca evli kalıyor, çok mu zor yani?
35. Ayrılsın ne olacak, bu kadar çok büyütmeyin. Elini sallasa ellisi.(Başını sallasa tellisi)
36. Etrafta bir sürü aile terapisti var, onlara gidin. Çoğu insan artık psikolojik yardım alıyor. Bu normal karşılanmaya başladı. Belki de evliliğinizi kurtarabilirsiniz.
37. Çalışma hayatı yok, hiçbir yerden geliri yok, bu kız aklını oynattı herhalde. Boşandıktan sonra nasıl geçimini sağlayacak? Birileri araya girsin de vazgeçirsinler.

Yoksa kötü yola düşer maazallah.

38. Hemen boşanmak olmaz. Mutluluk veren, rahatlık veren haplar var, onlardan alın, karı koca kullanmaya başlayın. Çoğu insan artık hap kullanıyor. Mutlaka faydasını görürsünüz.

39. Boşanmak istiyorsa boşansın. Niye insanlar birbirlerini bu kadar zorluyorlar ki, bir türlü anlamıyorum. Sanki onlarla birlikte yaşıyorlar, uzaktan ahkam kesmesi kolay.

40. Boşanmaya kalkıyorlar, iyi güzel ama aldıkları malları nasıl pay edecekler? Boşanma sırasında aile faciası çıkabilir. Bu senin malın, bu benim malım, annemin hediyesi, şunun hatırası...

41. Bu dünyaya bir kere gelmişiz zaten. Onu da mutsuzlukla, hastalıkla geçirmenin ne anlamı var? Ölümlü dünya.

42. Kimse boşanmak için evlenmiyor. Mutlaka bir sebebi vardır. Allah yardımcıları olsun.

43. Boşanınca çocuğu nasıl paylaşacaklar? İkisi de çocuğuna çok düşkün. Perişan olacaklar, haberleri yok.

44. Hasta eşini boşamaya kalkıyor. İnsanda biraz vicdan olur. Sağlıklıyken iyiydi, şimdi kötü mü oldu? Evlenirken hastalıkta ve sağlıkta beraber olacağız denmiyor mu? Yok, o bizde denmiyor, Hıristiyanlıkta deniyordu galiba.

45. Evlenmek ne kadar normalse, boşanmak da normal karşılanmalı. Küçük çocuk değiller ki, belirli bir yaşa gelmiş insanlardan bahsediyoruz. Anlaşamıyorlarsa boşansınlar. Sebebi o kadar önemli değil.

46. Bence en iyisi sık sık boşanıp evlenmek. Ömür boyu aynı kişiyle bir evin içinde yaşamak gerçekten çok sıkıcı bir durum olmalı. Ara sıra değişiklik yapmak iyi olur. Nerede hareket, orada bereket.

47. Aralarında iyi veya kötü bir şeyler yaşanmış, bunu biz bilemeyiz. Durup dururken böyle bir karar almadılar herhalde, mutlaka düşünüp taşınmışlardır. Saygı göstermek, destek olmak lazım, bir gün hepimizin başına aynı olaylar gelebilir.

48. Hayat onların hayatı, nasıl isterlerse öyle yaşarlar. Bizim görevimiz sadece uyarıda bulunmak.

49. Çocukların velayeti ne olacak? Çocuklar kimde kalacak? Nerede oturacaklar? Ev, eşyalar ne olacak? Nafaka isteyecek mi? Bütün bunları düşündü mü? Emin mi?

50. Boşanacaklarını baştan biliyorlardı herhalde. Noterden evlilik anlaşması yapmışlar. Şimdi rahat rahat boşanabilirler.

Boşandım.

1. İyi halt ettin. Biz şimdi millete ne söyleyeceğiz, nasıl bir açıklamada bulunacağız? Rezil ettin bizi, rezil!

2. Adam gibi adam değilmiş. Nasıl yaptı bunu, içi hiç sızlamadı mı? Gencecik güzel bir karısı varken kartaloş bir karıya tutuldu. Daha iyisini mi bulacağını sanıyor. Gelen gideni aratır, derler.

3. Ben ona milyon kere, "Boşanma," dedim. Doğru yolu göstermeye çalıştım ama bir türlü söz dinlemedi. Bundan sonra olacaklardan ben sorumlu değilim, benden günah gitti.

4. Beterin beteri vardır, bunu asla unutmamalı. Boşanmayı çocuk oyuncağı mı sanıyor? Bugünden sonra başına gelecek olaylardan dolayı evli olduğu günleri mumla arayacak.
5. Adamın içkisi yok, kumarı yok, dayak atmıyor, evine karısına çocuklarına sahip çıkıyor, daha ne istiyor anlamıyorum. Ruhen anlaşamadık da ne demek? Ne ruhu? Kimin ruhu?
6. Bizi toplum önünde küçük düşürdün. Benim senin gibi bir evladım yok artık. Git kendi başının çaresine bak.
7. Hem kendini, hem ailesini, hem de çocukları zor duruma soktu. Boşanması şart mıydı yani? Ne olurdu biraz daha katlansaydı, evlilikte her şey olur.
8. Yazık valla! Düğün masraflarına acıyorum. Şahane bir düğün olmuştu. Çok para harcadılar. Ben o zaman da demiştim, "Düğüne bu kadar masraf etmeyin," diye. Sakalımız yok ki söz dinlesinler.
9. Evliyken görüştüğü bir sürü arkadaşı ona sırt çevirecek. Herkes (kocasını) (karısını) ondan sakınacak. Bu duruma nasıl katlanacak?
10. Adam karsını boşamakta yerden göğe kadar haklı. Kadın bir saniye rahat vermiyor ki, böyle dırdırcı, istekleri bitmeyen, her şeyden mutsuz olan bir kadın hayatımda görmedim. Adamcağızı sürekli rahatsız ediyordu. Allah herkesi böyle kadınlardan korusun.
11. Benim eşim bunu bana yapsaydı, hayatta boşanmaya razı olmazdım. Anasından emdiği sütü burnundan fitil fitil getirirdim.
12. Küçücük çocukları var. Şimdi yeniden evlenirse ço-

cuklarını üvey baba elinde mi büyütecek? Elin adamı kendi babaları gibi olur mu?

13. Kadının bu kadar dayanması bile mucize. Kocası takıntı hastalığına tutulmuş. Her şeyi problem ediyor. Sürekli bir şeylere takılıp kalıyor. Kesinlikle tedavi görmesi gerekir.

14. Boşanmış ana babaların çocukları, yetiştikleri ortamdan dolayı suç işlemeye eğilimli oluyorlar. Çocuklarını sokaklardan toplar artık.

15. Ailesinin yanına taşınsa bir türlü, taşınmasa bir türlü. Çok zor durum, Allah kurtarsın.

16. Yeni evlenmişti, bir de çocuğu oldu, ama evli ve çocuklu birine âşık oldu. Boşandı, onunla evlendi. Çok kısa bir süre evli kaldıktan sonra anlaşamadı, ondan da ayrıldı. Şimdi gencecik yaşında, kucağında çocuğuyla dul bir kadın olarak ortada kaldı. Çok arayan hiçsiz kalır.

17. Başında bir erkek olmadan, bu hayat şartları altında yalnız yaşayamaz.

18. Boşandılar da ne oldu? Bir aile daha parçalandı. Kız babada kalacak, oğlan annede mi, yoksa ikisi de mi annede ya da babada kalacak? Ne olacak bunların hali?

19. Çocukların alıştıkları bir ev ve aile düzeni var. Bu düzen bozulursa perişan olurlar. Arkadaşlarına gitmek isteyecekler, arkadaşlarının çoğunun annesi babası evli, kendilerini kötü hissedecekler, problem yaşamaya başlayacaklar.

20. Kadın olsaymış da kocasını elinde tutmasını bilseymiş, evinde mutlu olan adam dışarıya gitmez. Mutlaka bütün suç kadındadır.

21. Boşandılar ama hâlâ birbirleriyle samimi olarak görüşmeye devam ediyorlar. "Biz medeni insanlarız, düşman olmamız gerekmiyor," diyorlar. Bu nasıl iş anlayamadık, o kadar iyi anlaşıyorlarsa niye boşandılar, o zaman yeniden evlensinler. Eğer evlenmiyorlarsa artık yollarını ayırmışlar, bu kadar sıkı fıkı görüşmeleri uygun kaçmaz. Bu ne perhiz, bu ne lahana turşusu?

22. Bir inat uğruna boşandılar. İkisi de hâlâ birbirlerini seviyorlar. Başka birileriyle evlenmediler. Keşke inatlarından vazgeçseler de yeniden evlenseler.

23. Boşanma sebebi neymiş, öğrenince çok şaşırdım. Kocası bunu aldatıyormuş. Ne olacak yani kocan aldattıysa? Sanki bu dünya üzerinde ilk aldatılan kadın sen misin?

24. Boyunca çocukları var, hiç utanmıyor mu bu yaptıklarından? Ayıp ayıp, olur mu bu yaştan sonra böyle şeyler?

25. Hakim tanımıştır artık. "Yine mi sen geldin?" diye sormuştur. Benim bildiğim kadarıyla bu üç oldu.

26. Her gün gazetelerde üvey babaların, üvey annelerin çocuklara neler yaptıklarını okuyoruz. Katil olur insan bunların yüzünden, katil.

27. Sosyal statüsü için yeniden evlenmek zorunda. Çevresindeki herkes evli, bir tek bu böyle sap gibi kalmış, hoş karşılanmaz.

28. İmkanı yok, bizim camiamızda yalnız başına yaşayamaz. Yemeği var, toplantısı var, daveti var, kimi takıp koluna götürecek? Herkes bu tip yerlere çift olarak geliyor, tek başına giderse kendinde bir eksiklik hisseder.

29. Başka birine âşık olduğu için boşanmış. Olur mu hiç böyle bir şey? Âşık olmak da ne demek, bunların hepsi gelip geçici şeyler. Gözü kör olmuş. Sen gül gibi eşini boşa, git başkasına. Onun ne günahı var şimdi?
30. Sen elindekinin kıymetini bilemezsen, başkası gelir alır elinden. O zaman da böyle açıkta kalırsın.
31. Bence en iyisini yapmış. Borç harç geçiniyorlardı zaten, iyi olmuş. Baba, baba değil tırabzan babasıydı.
32. Boşanmayıp da ne yapsın, canına tak dedi artık. Her gün dayak, her gün küfür, kim dayanır bu eziyete? O da Allahın bir kulu, canını sokakta bulmadı herhalde.
33. En doğrusunu yapıyor. En azından kendini bir evliliğe mahkum etmiyor.
34. Başka çaresi kalmamıştı artık. Adam kendinden başkasını düşünmüyor ki; içki, kumar, karı kız, hepsi bunda. Bugün buldum bugün yerim, yarına Allah kerim, diyen biri.
35. Adam yaşından başından utanmadan kızı yaşındaki birine âşık oldu. Onun uğruna kaç yıllık karısını boşadı. Herkes hayretler içinde kaldı. Kırkından sonra azanı teneşir paklar.
36. Kaynanası yüzünden boşandılar. Yoksa çok iyi anlaşıyorlardı. Kadın bunların muhabbetini kıskandı. Belki büyü bile yapmış olabilir. Çünkü kız, "Eve gitmek istemiyorum, evden soğudum," diyordu.
37. Şimdi dul kadın damgası da yedi, herkesin gözü üstünde olacak. İşi çok zor.
38. Kadın kocasına boyunuzu takmış. Bir gün adam iş

dönüşü evine erken gelmiş, karısını sevgilisiyle aynı yatakta yakalamış. Aslında iyi olmuş adama, hiç kimse sevmezdi onu, kendini bir şey sanıyordu. Herkese tepeden bakıyordu.

39. Kız baba ocağına mı dönecek bu yaştan sonra? Çocuklarıyla yalnız oturmaya kalksa, konu komşu ne der? Ağabeyleri rahat bırakmaz kızı.

40. Çok sevindim. Adamın elle tutulur, gözle görülür bir faydası yoktu zaten. Koca değildi ki, bostan korkuluğu. Tak sepeti koluna, herkes kendi yoluna.

41. İkisi de yaşını başını almış, torun torba sahibi olmuşlar, hiç utanmadan sıkılmadan boşandılar. Yıllardır birbirlerine çok çektirmişler, bundan sonra rahat etmek istiyorlarmış.

42. Yeni moda çıkmış, boşanan erkekler artık kendi çocuklarına bakacakmış. "Kadın yapıyorsa biz de yapabiliriz," demişler. Kimseye ihtiyaçları yokmuş. Duy da inanma. İki gün sonra, "Evlenmek istiyoruz," diye sağı solu tırmalarlar.

43. Bak, ben demiştim bizim oğlan salaktır diye, ceketini alıp çıktı. Her şeyini o kadına bıraktı. Akıl yok ki bu adamda. Allah kimseyi böyle salak yaratmasın. Vakti zamanında ben ona helal süt emmiş, çok güzel bir kız bulmuştum. Benim dediğimle evlenseydi şimdi çok mutlu bir yuvası olacaktı, boşanmasına gerek kalmayacaktı.

44. Bu kız deli, bunun başka bir açıklaması yok. Düğünde erkek tarafının taktığı bütün takıları geri vermiş, onlar da kabul etmiş. Böyle bir deliliği nasıl yapar? Kimse buna yol göstermedi mi? O takılar onun geleceğiydi.

45. Beceriksiz adam ne olacak, bir kadına bile sahip çıkamadı. Karısı da bunun pısırıklığından bıktı, boşadı.

46. Boşanmadan önce keşke kadınlığını kullansaydı da, üzerine biraz mal mülk aldırsaydı. En azından bu boşanmadan kârlı çıkardı.

Yaşlandım; el âlem ne der?

1. Kocası ölünce bu dünyada yapayalnız kaldı. Maddi durumu da iyi değil, yaşlı ve hasta bir kadın, ayrıca kendi işini de göremiyor, bakıma muhtaç. Hiçbir evladı yanına almak istemiyor, "Biz bakamayız, kendimize zor bakıyoruz," diyorlar. Darülaceze'ye vereceklermiş, orada daha iyi bakılırmış. O kadar yıl uğraş, saçını süpürge et, çocuklarını büyüt, bir tanesi bile seni yanına istemesin. Bir anne için ne kadar acı veren bir durum. Onlar da evlat yetiştiriyor, bakalım onların evlatları onlara ne yapacak.
2. İkisi de yaşlı ama çok dinçler, birbirlerine bakıyorlar, tatillerini yapıyorlar, vakitlerini çok iyi geçiriyorlar. Maddi durumları da gayet iyi, emekli maaşları var, ayrıca kira gelirleri de var. Allah kimseye muhtaç etmesin, ölene kadar böyle yaşarlar inşallah.
3. Eşi ölünce adamcağız bu dünyada yalnız kaldı. Çocukları yanına istiyor ama o ağırlık vermemek için kabul etmiyor. Kendi başına gitmiş bir huzureviyle anlaşmış, oraya yerleşti. Hayatından memnun, "Yaşıtlarım var, birlikte iyi vakit geçiriyoruz," diyor. Bakalım bizim

sonumuz ne olacak.

4. Çocuklarını büyüttü, evlendirdi ama hâlâ annelerine yük olamaya devam ediyorlar. Kocası öldükten sonra kendi evinde tek başına yaşıyordu, büyük oğlanın işleri zayıf gitmeye başlayınca karısını çocuklarını aldı, annesinin yanına taşındı. Çileli kadın, yaşlılığında da yine çocuk bakmak zorunda kalıyor. Ölene kadar annesin işte, kurtuluşun yok.
5. Hiç evlenmedi, kimi kimsesi de yok, maddi durumu gayet iyi, kısa süre önce aklını oynatmış, komşuları onu Darülaceze'ye yatırmışlar. Orada sefillik içinde yaşıyor. Bir sürü malı mülkü var ama kimseye faydası yok. Biz ona zamanında çok yalvarmıştık, "Evlen, çoluk çocuk sahibi ol," diye ama kimseleri beğendiremedik. Armudun sapı üzümün çöpü dedi, işte bir başına sefil vaziyette kaldı. Çocukları olsaydı bu durumlara düşmezdi, en azından ona sahip çıkarlardı.
6. Anne-babanın maddi durumu çok iyi, çocuklar mal mülk ellerinden gitmesin diye, 'Akli durumu yerinde değildir' raporu aldılar. İkisini de paralı bir huzurevine yatırmışlar, kendileri de mal taksimi yapmışlar. Allah kimseye böyle hayırsız evlat vermesin. Besle kargayı, oysun gözünü.
7. Çocuklarının maddi durumu pekiyi değil ama hepsi bir miktar para koydu, anne babanın evine bir hizmetçi tuttu. Her ikisine de çok iyi bakılıyor. Her zaman ziyaretlerine gidiyorlar. Allah herkese böyle hayırlı evlatlar versin.
8. Gençliğinde ne güzel kadınmış, kimse onun yüzüne

bakmaya kıyamazmış. Yolda yürürken etraftakiler sinema artisti geçiyor sanıp bir kez daha dönüp bakarmış. Şimdi yaşlandı, kimse artık yüzüne bakmıyor. Gözleri görmüyor, hiçbir yanı doğru dürüst tutmuyor. Sürekli olarak bize, "Gençliğiniz kıymetini bilin. Her dakikanızı huzur ve mutlulukla geçirin, hiçbir şeye sinirlenmeyin," diyor.

9. Yaşlandı ama hâlâ gezmekten tozmaktan bir türlü vazgeçmiyor. Bir ayağı çukurda, bir gün yollarda ölüp gidecek diye korkuyoruz. Yaşlı dediğin köşesine çekilir, sallanan koltuğunda oturur örgüsünü örer, torunlarına masal anlatır.

10. Karısını çok seviyordu. O öldükten sonra tek başına yaşamak istedi ama yapamadı. Şimdi tekrar bir kadınla evlendi.

11. Adam bekar, maddi durumu çok iyi, yaşıtlarına göre de dinç görünüyor. Etrafında hâlâ kadınlar fır fır dönmeye devam ediyor ama hiçbiriyle evlenmeye yanaşmıyor. Şimdilik dinç olmasına güveniyor. İyice elden ayaktan düşünce ne yapacak acaba?

12. Kocası öldükten sonra yalnız kaldı, hastalandı, altına gitmeye başladı, aklı da gider gelir oldu. Kızı hemen yanına aldı, annesine bebekler gibi piri pak bakıyor. Bu dünyada ne ekersen onu biçersin.

13. Anne yaşlı ama çok dinç, her işini kendi görebiliyor. Çocukları ona ev tuttu, orada tek başına yaşıyor. Her yaz tatile gitmeyi ihmal etmiyor. Şimdilik kendi başına idare edebiliyor. Hayat dolu, neşeli bir insan, onun yaşıtları kendilerini çoktan salmış oturuyorlar, hastalıklarla boğuşuyorlar.

14. Yaşlı ama seni beni cebinden çıkarır. Adam dört kez evlendi, yine de, "Beğendiğim biri karşıma çıkarsa evlenirim," diyor. Tek başına yaşıyor, her işini kendi yapıyor. Ayrıca iş hayatına da devam ediyor. Hayata sıkı sıkıya bağlı bir insan.

15. Adama yaşlılığında piyango vurdu. İkinci karısı öldükten sonra hiç evlenmemiş, genç bir kadınla evlendi. Şimdi onunla gününü gün ediyor, "Yeniden doğdum," diyor. Demek ki yaşlı insanların kendinden çok genç biriyle beraber olması gençleşmesini sağlıyor. Yakında tekrar baba olur herhalde.

16. Yaşlandı ama işe gitmekten bir gün bile vazgeçmedi. Kendini hiçbir zaman emekliye ayırmadı. Her gün sabah erken kalkar, tıraşını olur, filinta gibi giyinir, işinin başına gider. İşleyen demir pas tutmaz, derler.

17. Gençliğinde hükümet gibi kadındı, evde onun sözü geçerdi. Kocası öldükten sonra oğlunun yanında yaşamaya başladı. Geliniyle ve torunlarıyla hiç anlaşamıyor, "Ben bu durumlara düşecek kadın mıydım," diye her gün yakınıp duruyor, bir yandan da, "Oğlum bana bakmak zorunda, ben ona yıllarca analık ettim," diyor. Kurt kocayınca köpeğin maskarası olurmuş.

18. Çocukları olmuyor diye gençliklerinde evlatlık almışlardı. Onu kendi çocukları gibi büyüttüler. Evlatlıkları da iyi bir insan çıktı. Şimdi ikisini de baş tacı etmiş, çok iyi bakıyor. "Beni doğurmamış olmanız önemli değil, siz ölene kadar benim anne ve babamsınız," diyor. Birçok öz evladın yapmadığını evlatlık yapıyor.

19. Gençliğinde çok sinirli, huysuz biriydi, yaşlandı, daha beter çekilmez oldu. Çocukları çok saygılı çıktı, hiç seslerini çıkarmıyorlar. Yine de bu huysuzu memnun etmekte çok zorlanıyorlar. "Ne güzel, çocukların sana kol kanat geriyor, seninle ilgileniyor," diyoruz, bize dediği laf, "Onları ben büyüttüm bana bakmak zorundalar." Etrafta annesine babasına bakmayan bir sürü çocuk var, onları görmüyor, nankörlük yapıyor.

20. Eskiden adam konuşmaya bir başlayınca yedi mahalle inlerdi. Çok gür bir sesi vardı. Mesleği gereği sert mizaçlı görünen bir insandı. Emrinde binlerce insan çalışıyordu. Şimdi kulağı duymuyor, sesi çıkmıyor, köşesinde oturmuş bulmaca çözüp vaktini geçirmeye çalışıyor. Arada sırada konuştuğu zamansa "Keşke ötenazi hakkı bizim ülkemizde de olsa bir saniye beklemeden kararımı veririm." diyor. İçine düştüğü durumu bize bu şekilde anlatmaya çalışıyor.

21. Gençliğinde sağlığına hiç dikkat etmedi. İçki, kumar, gece hayatı, karı kız, her şeyi yaptı. Şimdi felç oldu yatağa bağımlı yaşıyor. Ele güne muhtaç duruma geldi. Allah kimsenin başına vermesin.

22. Karı koca çok yaşlı, ayakta zar zor duruyorlar ama hâlâ birbirleriyle kavga edebiliyorlar, sesleri evin dışına kadar çıkıyor. Bu kadar enerjiyi nerden buluyorlar bir türlü çözemedik?

23. Yaşlandı ama Allahtan çok şanslı, bütün çocukları, gelinleri, damatları etrafında pervane oluyor, ne istese yerine getiriyorlar.

24. Evlendiği günden beri kocasının ilk karısından olan

çocuklarına baktı. Evliliği sırasında kendi çocuğu olmadı. Küçücük çocuklara üvey annelik yaptı, çoğu zaman onları dövüyordu. Şimdi yaşlandı, kocası öldükten sonra üvey çocukları ona kendi anneleri gibi bakıyor, bir dediklerini iki etmiyorlar. "Keşke zamanında ben onlara bu kadar kötü davranmasaydım, şimdi, onlar bana iyi davrandıkça ben kendimi daha kötü hissediyorum,"diyor.

Eski bir Letonya masalı

Çok eski zamanlardan birinde kötü bir âdet varmış. Yaşlılar artık iyice ihtiyarlayıp iş yapamaz duruma geldiklerinde ormana götürülür, orada yırtıcı hayvanlara bırakılırmış. Böylece zaten az olan yiyeceklerin, çalışan gençlere yetmesi sağlanmaya çalışılırmış. İhtiyarları belli bir yaştan sonra evde tutmak yasak olduğundan, kimse yaşlı anne babasını evde gizleyemez, komşusu görüp ihbar edecek diye korkarmış. İşte bir gün yaşlılardan birini oğlu ormana götürüp bırakmak istemiş. Kış mevsimiymiş. İhtiyar, oğul ve küçük torun beraberce ormana gitmişler. İhtiyarı bırakmış dönüyorlarmış ki, küçük torun oyuncak kızağını dedesinin yanında unuttuğunu fark etmiş. Babasına dönüp almalarını söylemiş. Babası umursamayınca da, "Kızağımı almalıyım, yoksa sen yaşlandığında seni neyle ormana götürüp bırakacağım," demiş. Oğul o an anlamış ki, ihtiyar babasının kaderi, yaşlandığında kendi kaderi de olacak. Dönüp babasının ellerini çözmüş. Alıp eve geri getirmiş. Samanlıkta saklayıp her gün ona gizlice yemek vermeye başlamış.

Bir süre sonra köyde hayvanlar arasında bir hastalık

yayılmış. Hayvanlar birbiri arkasından ölüyormuş. İhtiyar oğluna şöyle demiş, "Hastaları iyilerden ayır. Onlara şu şu otlardan ilaç hazırla. Sağlıklılara da şöyle şöyle yap." Oğlan ihtiyar babasının dediklerini yapmış. Gerçekten de onun hayvanları arasında ölüm azalmış. Çoğu kurtulmuş.

Bayram geldiğinde her sene olduğu gibi, o sene de köy halkı kurbanlar kesmeye başlamış. İhtiyar oğluna şu öğüdü vermiş, "Köyde hayvan çok azaldı. Senin de fazla hayvanın yok. Bu sene kurban kesme." Gerçekten de bir iki ay içinde bütün köy tarlalarda çalıştırılacak hayvan sıkıntısı çekmeye başlamış. Ama ihtiyarın öğüdünü dinleyen gencin hayvanı varmış.

İlkbahara doğru köyde artık ekmek yapacak tahıl bile kalmamış. Ama asıl sorun, tohumluk olarak kullanabilecek kadar bile tahıl olmamasıymış. Tarlaya ne serpeceklerini, gelecek senenin mahsulünü nasıl hazırlayacaklarını bilemiyorlarmış. İhtiyar bu konuda da oğluna öğüt vermiş, "Yavrum, ahırın çatısı samanla doldurulmuştur. Onları çıkar, yeniden döv. Oradan tohumluk buğday çıkarabilirsin."

Oğlan, ihtiyar babasının dediği gibi yapmış. Köyde tohumluğu olan tek aile onlar olmuş. Bütün köy halkı bu gencin büyücü olduğunu düşünmeye başlamış. Öyle ya, herkesin işi kötü giderken bu evde garip bir şekilde kötülüklere bir çare bulunuyormuş. Evi gözlemeye başlamışlar.

Sonunda da gerçek anlaşılmış, ihtiyar babanın hâlâ yaşadığı ortaya çıkmış. Köylüler genci krala şikayet etmiş. Kral önce yasalarını hiçe sayan gence kızmış. Ama olup bitenleri dinledikten sonra iyi ve yerinde bir öğüdün çok şeyi değiştirebileceğini kabul edip ihtiyarlarla ilgili yeni bir kanun çıkarmış.

"Bundan böyle çocuklar, anne ve babalarına yaşlılıklarında

bakacaklar. Onların gönlünü hoş tutacaklar.

Çünkü onların hayat deneyimlerinden her zaman için öğrenebilecekleri şeyler var."

Öldüm; el âlem ne der?

1. Hayırsever, babayiğit, sevecen, mükemmel bir insandı. Bu dünyada böyle bir insan bir daha zor bulunur. Etrafına çok yararı dokunurdu. Herkes ona akıl danışmaya giderdi. Cenaze töreni tam şanına, şerefine yaraşır bir şekilde oldu. Bütün herkes ordaydı. Öldün mü böyle öleceksin. Sokaklar doldu taştı. Ne çok seveni varmış. Allah gani gani rahmet eylesin. Mekanı cennet olsun.
2. Hepimiz ona defalarca söyledik. "Sağlığına dikkat et, sigarayı bırak, içki içme," ama bir türlü söz dinletemedik. Rahmetli de bize derdi ki, "Boş verin, atın ölümü arpadan olsun." Oldu işte, gitti kara topraklara.
3. Hayatı boyunca hiç doktora gitmediğini söyleyip övünür dururdu. Bir kere doktora gitseydi şimdi kalpten ölmeyecekti.
4. Çok kalabalık bir cenaze oldu. Ama bir kişi bile arkasından iyi bir şey söylemiyordu. Madem sevmiyorlardı niye geldiler cenazeye, biz de buradayız demek için mi?
5. Sağlığında karısına çok çektirdi. Karısı kan kustu, kızılcık şerbeti içtim dedi. Şimdi kadıncağız biraz başını dinlesin, rahat etsin.

6. Ölünün arkasından konuşulmaz denir ama konuşacağım. Dünya üzerinden bir mikrop gitti. Keşke daha önce gitseydi de hepimiz rahat etseydik.
7. Rahmetli sağlığında kendini çok düşünür, etrafını hiç düşünmezdi. Kazandığı bütün paraları, karılarla kızlarla, içki sofralarında yerdi. Sonunda çok kötü bir şekilde tahtalıköyü boyladı. Allah kimseye böyle bir ölüm şekli vermesin.
8. Rahmetliğe, "O kadar çok yeme, sonunda çatlayacaksın," dedik. O da bize, "Hepimiz bir gün ölmeyecek miyiz? Ben yemek yemekten çok memnunum, yedikçe kendimi iyi hissediyorum,"derdi.
9. Zengindi ama neye yarar. Onun yaşadığı hayat, hayat değildi. Dünya nimetlerinden yeterince faydalanamadı. Hiç evlenmedi, çocuğu da yoktu. Bütün malı mülkü hayır kurumuna kaldı.
10. Sağlığında çok kişinin hakkını yedi. Hiç kimse hakkını helal etmedi. Bakalım öbür tarafta bunların hesabını nasıl verecek?
11. Kimsenin ahı yerde kalmaz. İnsanlara çok kötülük yaptı. Çok canlar yaktı. Onun yüzünden kaç ocak söndü. Kendini çok güçlü sanıyordu. Ayağına bir taş deydi, doğru öbür tarafı boyladı. Böbürlenme padişahım, senden büyük Allah var.
12. Beni bu dünyada tek başıma bıraktı. Ben şimdi onsuz ne yaparım? Böyle mi konuşmuştuk? Hani beraber gidecektik? Oyunbozanlık ettin.
13. Cenazesinde ne kadar az kişi vardı, demek ki rahmetliyi kimse sevmiyormuş.

14. O bugün yaşasaydı, geride kalanların hayatları böyle olmazdı. Her şeyi düzene koymadan nereye gittin?

15. Öldü ama herkes arkasından hâlâ konuşuyor. Mezarında bile rahat yok insana. Kemikleri sızlıyordur herhalde.

16. Allahın gücüne gitmesin ama çok acı çekiyordu, yıllarca yatağa mahkum olarak yattı. İyi oldu aslında, şimdi rahata kavuşmuştur.

17. Kırkından sonra azanı teneşir paklar, derler. Kendini çok genç sanıyordu ama olmadı işte. Gencecik bir kadının üstünde can verdi. Karısı, çocukları, kimsenin yüzüne bakamaz oldu. Yaptıklarını gör de utan.

18. "Gece yola çıkmayın," dedim ama söz dinleyen kim. Trafik kazasında can verdiler, bütün bir aile yok oldu gitti. Bir tek şu yavrucak hayatta kaldı.

19. Sağlığında bütün aileyi bir arada tutuyordu. O ölünce herkes çil yavrusu gibi etrafa dağıldı. Hepsi perişan oldu. Bir türlü bellerini doğrultamadılar. Şimdi yaşasaydı durum çok farklı olurdu.

20. Çok zengindi de ne oldu? Farklı bir şekilde mi öldü? Paralarını öbür tarafa götürebildi mi? Kefenin cebi yok ki, sağlığında kimseye zırnık koklatmadı. Şimdi çocukları bütün parasını çar çur ediyor. Yattığı yerde kemikleri sızlıyordur herhalde.

21. Her yerde bangır bangır söylüyorlar, içkiliyken araba kullanmayın diye. Ne olurdu biraz dikkat etseydi... Hem kendi gitti, hem de günahsız bir aileyi beraberinde götürdü.

22. Boşuna konuşuyoruz. Allahın dediği olur. Ecel geldi

cihana, baş ağrısı bahane. Olacakla öleceğe çare bulunmaz.

23. Sağlığında organ bağışında bulunmuştu. İnanılır gibi değil, nasıl yaptı böyle bir şeyi aklım almıyor. Şimdi vücudunu parça parça edecekler.

24. Allah bunun gibi sıralı ölüm versin herkese. Çocuklarını büyüttü, evlendirdi, torunlarını da gördü. Daha ne, kazık mı çakacaktı bu dünyaya?

25. Yaşamı boyunca gün yüzü görmedi. Çok çileler çekti. Onun başına gelenler bir başkasının başına gelseydi, onun gibi dayanamazdı. İnşallah şimdi huzura kavuşmuştur.

26. Aslında ölünün arkasından konuşulmaz, biz onu göremiyoruz, duyamıyoruz ama o bizi görüyor derler. Ben bu yaşıma geldim, konuşulmayan bir ortam görmedim.

27. Adam toprağın altına girince rahat etti, kurtuldu bu hayattan. Ama ailesi perişan oldu. Her yere bir sürü borcu varmış. Ellerinde avuçlarında hiç bir şeyleri kalmadı. Kadın çocuklarıyla beş parasız, işsiz güçsüz ortada kaldı.

28. Çok erken öldü. Ne acelesi vardı bu kadar çabuk gidecek? Daha çocuklarının mürüvvetini görmedi.

29. Allah kimseye evlat acısı göstermesin. Çocuklarını kaybettikten sonra ikisi de perişan oldu. Evin her yerine çocuklarının resimlerini, eşyalarını koymuşlar, bütün gün ağlıyorlarmış. Ateş düştüğü yeri yakar.

30. Aslanlar gibi gencecik adamdı, gençliğine doyamadan öldü. Karısı yedi başını. Allah kimseye onun gibi bir

karı vermesin. Kocasını mezara gönderince rahat etmiştir. Kınalar yakmıştır bir taraflarına.

31. Bir kaza kurşunuyla gitti. O gün orada bulunmasaydı şimdi yaşıyordu.

32. "Rüyamda gördüm, tatile arabayla gitmeyin, ne olur," diye yalvardım. Ama beni dinlemediler. Ailecek toprak altına gittiler. Ne olurdu biraz büyük sözü dinleselerdi? Şimdi yanımda olacaklardı.

Canlandırmalar

Bizim eve niye geldin?

Sayfiye Hanım sinirli bir şekilde evin içinde oradan oraya hızlı hızlı yürürken bir yandan da en yakın ahbabıyla telefonda konuşuyor.

— Geçen hafta bizim başımıza neler geldi duydun mu?

— Yooo! Ne oldu? Kimden duyacaktım?

— Benim oğlum olacak o şaşkın oğlan var ya...

— Eeeee... Ne olmuş ona?

— Oturdukları evi satın aldı.

— Aaa! Bak ben bunu duymamıştım.

— Duyamazsın tabii ki, bütün gün televizyonun karşına oturup kadın programlarını seyredersen, kimseyle görüşmezsen daha birçok şeyden habersiz kalacaksın.

— Haber kaynaklarımı bir uyarayım da bana zamanında haber uçursunlar. Yoksa hiçbir şey bilmeden böyle kalakalmak istemem doğrusu, sonra herkese rezil oluyorum.

— Sen şimdi rezil olmayı bir kenara bırak. Beni dinle! Ev satın aldı diyorum sana, ev.

— Bir dakika, aklım karıştı şimdi. Nasıl satın almışlar evi? Bildiğim kadarıyla maddi durumları ev alacak kadar iyi değildi.

— Ben de sana onu anlatmaya çalışıyorum. Zevkimden

aramadım herhalde seni. Sana diyorum ki, bizim oğlanın hayatı karardı. Sen bana gelmiş haber kaynağım, yok uyarayım, falan filan, abuk sabuk, laflar ediyorsun.

— Tamam canım! Sinirlenme bu kadar, sakin ol, anlat bakalım ne oldu?

— Otuz yıl vadeli konut kredisine girdiler. Morgıç mıdır nedir, öyle bir şeyler söylenip durdular. Ben de tam anlamadım neymiş.

— Neeee! Otuz sene mi? Dile kolay, kredi bittiğinde sen mezarda, onlar da huzurevinde olurlar artık.

— Çok komiksin!

— Şaka yaptım, dur hemen kızma. Sesin çok sinirli geliyordu, azıcık gülmeni istedim.

— Yanlış zamanda şaka yaptın. Şimdi senin şakanı kaldıracak durumda değilim. Burnumdan soluyorum zaten.

— İyi tamam. Konumuza dönelim. Ben o krediyi duymuştum. Yurtdışında herkes kullanıyormuş ama taksitlerle ilgili bir şeyler söyleyip duruyorlardı.

— Yurtdışında kullanılıyorsa iyi bir şey o zaman, kötü değil yani. Ben de boşuna sinirlendim.

— Sen benim kadın programlarıma laf edeceğine, biraz televizyon izle de Türkiye'de neler oluyor öğren.

— Tamam tamam anlaşıldı. Ağır geldi lafım anlaşılan. Sen de lafın altında kalmayıp fırsatını bulunca beni iğnele. Ben burada sinirden çıldırmış bir şekilde dört dönüyorum zaten, bir de sen üstüme gel.

— Ayyy! Tamam, kusura bakma, birden tutamadım kendimi.

— Ben seni boşuna mı aradım? Kimden bilgi alacağımızı biliyoruz herhalde.

— Teşekkür ederim, çok naziksin.

— Rica ederim efendim, ne demek. Sen benim her zaman akıl danıştığım en yakın arkadaşlarımdan birisin.

— Ayyy, canım benim, beni mahcup ettin şimdi.

— Hadi artık, bu kadar iltifat yeter, çatlayacağım şimdi, anlat şunu, neymiş?

— Televizyonda duyduğum kadarıyla, yabancılar için iyi ama bizim için pekiyi değilmiş, ekonomik istikrarı olan bir ülke olmadığımız için uzun vadeli kredilerde problemler yaşanabilirmiş.

— Eeeeee...

— Çok fazla bir bilgim yok aslında. İşte bu kadar, kulaktan dolma bir şeyler duymuştum. Bir dakika, bir dakika. Bir de hatırladığım kadarıyla, ödeme prensibi çok sıkı olan bir krediydi galiba.

— Ben de seni bir şey biliyorsun diye aradım. Neyse ben bu işi başkasından öğrenirim.

— Aşkolsun sana! Kırıldım şimdi. Beni sadece bunun için mi aradın?

— Yok yok, şaka yaptım, şimdi şaka yapma sırası bende. Biraz konuşuruz, dertleşiriz diye aramıştım.

— İyi o zaman, anlat bakalım, dertli olan sensin, seni dinliyorum.

— Bizim bu şaşkın oğlanın durumuna sinirleniyorum. Sürekli taksite giriyorlar. Araba borcu daha yeni bitti. Şimdi bir de bu otuz yıllık kredi işine girdiler. Kirada otursalar ne olur sanki? Durumları düzelince para biriktirir peşin parayla ev alırlar.

— Bunlar karı koca deli valla, hiç akıllanmayacaklar. Nasıl ödenir bu kadar kredi borcu, arabaya benzemez ki bu?

— Evet, bence de deliler. Anlayamadım zaten, bu zamanda nelerine güveniyorlar acaba? Ülkenin durumu ortada, ekonomik kriz yüzünden işsiz kaldıkları günleri ne çabuk unuttular.

— Doğru, o kriz çok kötüydü. Bir sürü insanın hayatı alt üst oldu. Çok insan işsiz kaldı. Çok yuvalar dağıldı.

— Şimdi yine öyle bir kriz olursa bunlar ne yapacak? Onlar düşüneceğine, ben düşünüyorum. Deli olacağım valla yakında.

— Sen de çok dert ediyorsun kendine, hasta olacaksın sonunda. Ne yapalım, her şey olacağına varır.

— Dert etmeyip de ne yapayım? Aslan gibi evladım gözümün önünde eriyip gidiyor. Aslında onun hiç bir suçu yok. Şaşkındır benim oğlum. Nereye çekersen oraya gider.

— Kimin suçu var peki?

— Sanki bilmiyorsun da beni delirtmek için mi soruyorsun bu soruları?

— ☺☺☺☺

— Kıkır kıkır gülme, çok kızıyorum. Zaten sinirim tepemde, bir de senle uğraşmayayım.

— Sen de artık şu gelinini kabul etsen iyi olacak. Ne olsa her şeyde onu suçluyorsun. Senin oğlanın hiç mi aklı yok? Karısı ne derse onu mu yapıyor?

— Yok tabii, olsaydı yıllar önce bununla evlenmezdi.

Benim ona bulduğum helal süt emmiş, mütevazı kızla evlenirdi. Şimdi bu kadar da borcun altına girmemiş olurdu.

— Olmuş artık, değiştiremezsin. Olmuşla, ölmüşe, çare yok, biliyorsun.

— Sen kimden yanasın bir anlayalım bakalım. Deminden beri kızı bana savunup duruyorsun. Yoksa sana mı geldi? Benimle ilgili bir şeyler mi konuştunuz?

— Yok canım, nerden çıkarıyorsun? Sen de iyice aklını bozdun bu kızla. Bana niye gelsin, hem ben her zaman senden yanayım bunu biliyorsun. Biz kaç yıldır birbirimizi tanıyoruz. O daha aileye yeni katıldı.

— Hah. Şöyle konuş işte. Ben de bir anda senin konuşmaların değişince başka şeyler oldu sandım.

— Senden gizli bir şey yapar mıyım ben?

— Yapmazsın tabii ki, ben de yapmam. Biz eski dostuz.

— Neyse, nerde kalmıştık? Sen bana bir şeyler anlatıyordun.

— Hıı, diyordum ki, aslında bizim oğlan ev almayı istememiştir. Gelin kesin onu zorlamıştır. "Bilmem kimlerin evi var, bizim niye olmasın?" demiştir. Çocuğun başının etini yemiştir.

— Hıı... Öyle mi dersin?

— Adım gibi eminim. Kesin olaylar böyle gelişmiştir. Bizimki karısının ağzının içine baktığı için aklıma başka bir seçenek gelmiyor.

— Olabilir tabii ki, sen onlarla daha sık görüşüyorsun. Bir şey soracağım sana...

— Sor bakalım...

— Çocuklarını da özel okulda okutuyorlardı değil mi?
— Evet, özel okulda okutuyorlar. Devlet okulunu beğenmiyorlar. Her ay okul taksitleri, giyim kuşam masrafları, doktora, ilaca bir dünya para harcıyorlar.
— Gençlik işte, akılları bir karış havada. Allah sağlık versin de ödesinler, mahcup olmasınlar bari.
— Yakında mahcup olacaklar ben sana söyleyeyim. Olmayan paralarını böyle harcarlarsa bu işin sonu iyi olmaz.
— Dur, hemen kötü kötü düşünmeye başlama yine.
— Şimdi bu duyacaklarından sonra artık bana hak vereceksin.
— Ne oldu yine?
— Sıkı dur, söylüyorum.
— Duruyorum, hadi söyle.
— Bu kadar masrafın içinde bir de evi A'dan Z'ye yeniden dayayıp döşediler.
— Aaaa! İnanmıyorum artık, daha neler. Ben birkaç parça eşya aldılar diye duymuştum.
— Yanlış duymuşsun. Yaaaa, ben boşuna demiyorum gitti benim aslan gibi yavrum gittiiii. Bu kadar borç nasıl ödenecek?
— Demek yeni eve yeni eşya yaptılar. İyi cesaret doğrusu.
— Daha dur, haberler bitmedi.
— Daha ne olabilir ki, yeni bir şey mi var?
— Esas en kötü haber geliyor, işte bunu duyduktan sonra, benim niye bu kadar çıldırdığımı anlayacaksın.
— Aaaa! Yeter, kalbim sıkışmaya başladı fena oluyorum

artık. Bir dakika bekle de, ilacımı içip geleyim.

— İçtin mi ilacını?

— Evet, bir de kolonya döküdüm her tarafıma. Şimdi hazırım söyle bakalım.

— Sıkı dur. Söylüyorum. Evlerini dayayıp döşediler ya...

— Eeeee...

— Neyle aldılar bu eşyaları? Paraları mı var?

— Yoktur, herhalde.

— Yok tabii ki, senetle almışlar. Ayrıca borçlarını da zamanında ödememişler.

— Haydaaaaa!

— Dur daha bitmedi. Eşyaları aldıkları yerin avukatı, onlara kefil olan bir akrabamızı aramış söylemiş. "Söyleyin onlara, eğer şu güne kadar borçlarını ödemezlerse gelir sizden alırız bütün parayı," demiş.

— Ayyy! Rezil oldular desene.

— Onlar mı, ben mi? Duyunca başımdan aşağıya kaynar sular indi.

— Gerçekten haklıymışsın, büyük rezalet.

— Haklıyım tabii, ben sana boşuna demiyorum, çok sinirlendim, diye.

— Allah kolaylık versin, ne diyeyim.

— Versin inşallah, hepimize versin. Bir de icra, avukat, mahkeme, uğraşıp dururlarsa ne yapacağız? Cümle âleme rezil olacağız. Gitti benim aslan gibi evladım gittiiii.

— Dur canım, hemen öyle ortalığı velveleye verme. Belki bir çıkış noktası vardır.

— Yok, çıkış noktası falan yok. Niye geldi bunlar başımıza sanıyorsun.

— Eee, sebebini söylüyorsun işte deminden beri.

— Evet, ah ah, o yok mu o? O ne yere bakan yürek yakan bir kızdır. Gözü hep yükseklerde, aslan gibi oğlumu mahvetti.

— Ama şey…

— Sakın! Bana bir daha onla ilgili bir şey söylemeye kalkma, bozuşuruz seninle.

— Tamam tamam, sakin ol.

— Dinle şimdi beni, ben sana birebir şahit olduklarımı anlatayım.

— Anlat, dinliyorum.

— Geçenlerde ben onların evine gitmiştim. Bir ara kendi aralarında tartışırlarken duydum. Çocukların özel okula gitmesini o istemiş. Yok efendim çocuklar daha iyi eğitim alırmış, yok bilmem kimin çocukları özel okullarda yetişmiş falan filan, diye diye, bizim oğlanın altından girmiş, üstünden çıkmış, sonunda dediğini yaptırmış.

— Aaaa! Artık bu anlattıklarından sonra sana hak vermemek elde değil.

— Ben boşuna konuşmuyorum, kimsenin günahını almak istemem. Gözümle gördüm, kulağımla işittim.

— Yaaa! Yazık, gerçekten çocuğa yazık.

— Benim üzüldüğüm aslan gibi evladıma olanlar oluyor, onun bu hallerini gördükçe içim parçalanıyor, ama ne yapayım elimden bir şey gelmez ki. Bir dakika kapı çaldı, yeni bir haber olabilir, ben seni sonra ararım, kaldığımız yerden devam ederiz. Hadi görüşürüz kapatıyorum.

— Tamam, oldu, sonra görüşürüz. İyi günler.

— Sayfiye Hanım kapıyı açar ve olduğu yerde öylece donakalır. Kekelemeye başlar,

— Şeey… Eeee Iıı… Gel, gel gir içeri, kapıda kalma.

— Çok fazla kalmayacağım zaten, sizinle konuşmak istediğim bir konu var onu konuştuktan sonra hemen gideceğim.

— Hayırdır ne oldu?

— Oturabilir miyim?

— Aaa. Tabii tabii. Kusura bakma, buyur istediğin yere otur.

— Teşekkür ederim.

— Niye yalnız geldin? Kocanla çocuklar nerede? Niye onlar gelmedi? Yoksa birine bir şey mi oldu?

— Telaşlanmanıza gerek yok. Kimseye bir şey olmadı.

— Ohhh! Çok şükür. Bir anda seni karşımda tek başına görünce şaşırdım. Hiç beklemiyordum doğrusu.

— Evet, hayat sürprizlerle doludur, karşımıza ne zaman ne çıkacağı bilinmez.

— Bana hayat dersi vermeye gelmedin herhalde… Dikkat edersen eğer, ben senden biraz yaşça büyüğüm, senden daha tecrübeliyim. Hayatın ne demek olduğunu gayet iyi bilirim.

— Hayır, size hayat dersi vermeye gelmedim. Sizin benden daha yaşlı olduğunuzun farkındayım. Ama akıl yaşta değil baştadır.

— Artık bu konuşmayı keselim ve sen bana buraya niye

geldiğini anlat. Seni dinliyorum.

— Beni sevmediğinizi ve hiçbir zaman istemediğinizi çok iyi biliyorum.

— Eeeee... Ne olmuş?

— Bence, insanlar birbirlerini sevmek zorunda değillerdir ama saymak zorundadırlar. Bu kadar zamandır beni tanıyorsunuz, size karşı bir saygısızlık ettim mi?

— Bana karşı direkt olarak bir saygısızlığın olmadı.

— Evet, ben de bunu anlatmaya çalışıyorum. Ben size hiçbir zaman saygısızlık yapmadım. Ama siz, beni her fırsatta herkesin önünde küçük düşürmek için elinizden geleni yaptınız.

— Yaparım, niye yapmayım? Sen benim gelinim oldun, hoşuma gitmeyen durumları söyleyebilirim.

— Tabii ki söyleyin, ama bana söyleyin. Arkamdan beni çekiştirmeyin. Sonra benim kulağıma geliyor ve çok üzülüyorum.

— Kim sana laf yetiştiriyor onu bilmiyorum ama ben senin yüzüne ne söylersem arkandan da aynısını söylüyorum.

— Yani arkamdan konuştuğunuzu kabul ediyorsunuz?

— Evet, konuşuyorum. Herkes konuşuyor. Bütün gün birbirimiz hakkında konuşmazsak ne yapacağız?

— Anladım. Demek ki siz de böyle ayakta duruyorsunuz.

— Eeeee... Başka ne diyecektin?

— Olayları yeni duydum, çok üzüldüm, eşim üzülmesin diye ona da bir şey belli etmemeye çalışıyorum.

— Ne olayı duydun?

— Herkes bizim aldığımız evle ilgili konuşuyormuş.

— Hıı, doğru.

— Bakın, bu olay beni çok etkiledi. Günlerdir kendime gelemiyorum. Doktora gittim bana, "Sinirlerin yıpranmış," dedi ve bir sürü ilaç verdi. İlaçlarla ayakta duruyorum. Buraya bütün cesaretimi toplayarak geldim. Onun için sözümü kesmeden dinlemenizi rica ederim.

— Geçmiş olsun. Hasta olmanı istemezdim. Senin sözünü kesmeden dinlemem biraz zor. Çünkü ben de çok sinirliyim. Oğluma yaptıklarından dolayı çok üzülüyorum.

— Ben oğlunuza hiçbir şey yapmıyorum. Biz her şeye birlikte karar veriyoruz.

— Hıı... Evet, o kararları nasıl aldığınızı ben çok iyi biliyorum.

— Lütfen benimle sakin konuşun. Ben buraya tartışmaya gelmedim. Size bir şeyler anlatmak için geldim. Eğer izin verirseniz anlatıp gideceğim, bir daha da başınızı ağrıtmayacağım.

— Tamam, peki anlat. Bölmeden dinlemeye çalışıyım bari.

— Herkes bizim hakkımızda ne olup bittiğini doğru dürüst bilmeden ileri geri konuşuyormuş. "Bu borca niye girdiler? Ev almaları şart mı? Çocukların okul taksitleri, zaten kaç para kazanıyorlar ki," diye, bir sürü laflar ediyorlarmış. Özellikle benim hakkımda çok konuşuluyormuş.

— Eeeee...

— Bu konuşanların içinde siz de varmışsınız, ben inanamadım ama yine de gelip sizden doğrusunu öğrenmek istedim.

— Eeee. Olsam ne olacak? Olmasam ne olacak?

— Bir şey olmayacak, ben sadece sizden duymak istiyorum.

— Eee... Devam et bakalım...

— Siz, eşimin annesisiniz.

— Evet, ne olmuş annesi olduysam?

— Onun üzülmesini herhalde istemezsiniz.

— Hangi anne ister ki? Benim oğlum bir tarafa, dünya bir tarafa.

— Doğru, anneler çocukları için her şeyi göze alır.

— Evet...

— Sizin de bildiğiniz gibi karı koca yıllardır çalışıyoruz. Çocuklarımızın iyi okullarda eğitim almasını, iyi insan olmasını istiyoruz. Hedefimiz bu ve sağlığımız el verdiği sürece onlar için çalışacağız.

— Özel okul yerine devlet okuluna verseniz ne olur? Devlet okullarında okuyanlar adam olmuyor mu?

— Devlet okulunda okuyanlar da adam oluyor, benim onlara lafım yok. Ama bizim tercihimiz özel okuldan yana. Bu bizim aile yaşantımız.

— Özel okula bir dünya para harcıyorsunuz. Hayat şartları artık eskisi gibi değil, bunu herkes biliyor. Ben sizi düşünüyorum, o yüzden söylüyorum.

— Evet, doğru, hayat şartları çok zor. Biz de maddi olarak zor şartlar altında yaşıyoruz ama yine de yılmadan çalışmaya devam ediyoruz.

— Ben de bunu söylüyorum. Masraflarınızı biraz kısarsanız rahat edeceksiniz.

— Maalesef o dediğiniz olmuyor. Biz de, alınmış alınmıştır, deyip borç altına girmeye devam ediyoruz. Yoksa hiçbir şekilde bir şeyin sahibi olamıyoruz.

— İyi halt ediyorsunuz. Ödeyin o zaman bu kadar borcu.

— Allah yüzümüzü kara çıkartmadan bütün borçlarımızı ödeyeceğiz. Sizin hiç kuşkunuz olmasın.

— Hep birlikte göreceğiz ne şartlar altında ödeyeceğinizi.

— Ölmez sağ kalırsak, nasıl olduğunu görürüz. Biz arabayı alırken siz bize, "Ev alın, başınızı sokacak bir eviniz olsun, kira köşelerinde sürünmeyin," demiyor muydunuz?

— Diyordum ama böyle uzun vadeli değil. Para biriktirin, peşin parayla alın demek istiyordum.

— O imkansız. Biz para biriktirmeyi çok denedik ama hiç başarılı olamadık.

— O sizin beceriksizliğiniz. Biriktiren biriktirebiliyor. Fatma hanımın gelini kocasından aldığı harçlıkları biriktirmiş, ev alırken hepsini kocasına verdi, bankadan daha az kredi alarak ev sahibi oldular.

— Olabilir. Ben de diyorum ki zaten, biz denedik yapamadık. Ne olduğu önemli değil. Sonuçta yapamıyoruz.

— Evet, bu konuşma böyle giderse çok uzayacak. Ben yine seni dinlemeye çalışayım.

— Bizim aileden gelen bir mal varlığımız yok. Daima kendimiz bir şeyler yapmaya çalıştık.

— Eeee...

— Biz kendi halinde, kimseye karışmayan ama bazen sorunlu, bazen sorunsuz yaşayan, mutlu bir aileyiz. İnsanların, özellikle en yakınlarımızın bizim için bu şekilde konuşmasından çok rahatsız ve huzursuz oluyoruz.

— Evet...

— Beyaz eşyalar ve mobilyalar için kefilimiz olan ahbabınıza, zamanında biz de kefil olmuştuk. Evlenecekleri zaman eşyalarını alabilmek için kefil arıyorlardı, oğlunuz da hiç düşünmeden, "Ben olurum," dedi.

— Aaaaa! Bunu bana kimse söylemedi. Bu durumdan hiç kimsenin haberi yok. Bak şimdi, bunu öğrendiğim iyi oldu.

— Evet, her şey sizin bildiğiniz gibi değil yani. Bunları söylemek belki ayıp ama artık ne ayıp, ne ayıp değil, onu da bilemediğim için kendi yaşadıklarımı size anlatmak zorunda hissediyorum.

— Anlat anlat, seni can kulağıyla dinliyorum. Konu çok ilginç geldi.

— Ama lütfen bu anlattıklarım aramızda kalsın. Kimsenin üzülmesini istemem.

— Sen merak etme benden sır çıkmaz. ☺☺

— Bir gün onlar da aynı bizim gibi ödeme güçlüğü içine düştüler.

— Eeee... Benim oğlan kefil, başına bir şey gelmedi değil mi?

— Yok, başımıza bir şey gelmedi. Çünkü biz onların yerine ödeme yaptık.

— Aaaa! Vay şerefsizler. Şimdi sizin hakkınızda neler diyorlar. O günleri ne çabuk unuttular. Ah, ah! Ben bunu daha önce bilecektim. Neler yapardım, neler…

— Aman sakın ha. Bir şey konuşmaya kalkmayın, unutmayın sizinle bir anlaşma yaptık. Onlar artık geçmişte kaldı.

— Tamam, sözümde dururum, inşallah. Ben niye bu olayı söylemediklerini anlayamadım.

— Tabii ki, nasıl söylesinler, kendileri zor durumdaydı, işin ucunda ele güne rezil olmak vardı. Hiç cesaret edip söyleyebilirler mi?

— Doğru haklısın.

— Ben onlardan bunu hiç beklemezdim. Bizim düştüğümüz bu durumu sizlere anlatabileceklerini hiç ummuyordum.

— Babana bile güvenme, demişler.

— Maalesef öyle. O zamanlar bize minnettar olduklarını söyleyip duruyorlardı. Biz de, "Olsun canım, bu kadar dert etmeyin, bu günün yarını da var, bir gün gelir belki de siz bize yardımcı olursunuz," deyip konuyu kapatmıştık.

— Siz büyüklük yapmışsınız, bravo doğrusu. Kimse sizin gibi davranmaz.

— Teşekkür ederim. Anlatmaya devam etmemi ister misiniz?

— Evet, evet devam et, çok heyecanlandım. Sonrasında parayı ödediler mi? Ne oldu?

— Yaklaşık bir yıl sonra durumlarını toparlayınca bize olan borçlarını ödediler. En azından sıkışık zamanlarında yardımcı olmuş olduk.

— Aaa! Bir de bir yıl hiç para almadan beklediniz, öyle mi? Vah, vah!

— Evet, aynen öyle oldu. Bu hayatta aslında bunun böyle olması gerekmiyor mu? İnsanlar zor zamanlarında birbirlerine yardım etmeli, öyle değil mi?

— Tabii ki, yardım etmeli. Ama bunlar sizin iyi niyetinizi suiistimal etmişler. Onunla da kalmayıp bu gün sizin adınızı çıkarmak için ellerinden geleni yapıyorlar. Hiç yakıştıramadım doğrusu.

— Evet, ne yapalım herkes kendine yapar. Ama atalarımız boşuna dememiş, "İyilik et denize at, balık bilmezse Halik bilir."

— Doğru, peki siz bu parayı nasıl ödediniz, paranız var mıydı?

— O zamanlar çocuklar daha okula başlamadığı için durumuz iyiydi. Yine iyi Allaha şükür de, insanların konuştukları kadar acınacak durumda değiliz elbette.

— Haa! İyi, zorlanmadınız yani. En azından bunu duyduğuma sevindim. İçime su serpildi. Bir de onların yüzünden siz zor durumda kalsaydınız şimdi beni burada tutamazdın, gider onların boğazlarına yapışırdım.

— ☺☺☺

— Şimdi ne durumdasınız, toparlandınız mı?

— Evet, şimdi iyiyiz. Hepinizin bildiği gibi eşya ödemelerini biraz aksattık.

— Niye aksattınız? Ne oldu?

— O günlerde çocuklar çok hastalandı. Onların hastane, doktor, ilaç masrafları bizi biraz zorladı. O yüzden ödeme yapamadık, biraz sıkışıklık yaşadık. Sonrasında ödedik, şimdi hiçbir yere borcumuz kalmadı.

— Aaaa! Çocuklara ne oldu? Hiç haberim yok. Kötü bir şey olmadı umarım.

— Bir yerden virüs kapmışlar. Çok ateşlendiler, hastaneye yatırmak zorunda kaldık. İkisi de bir hafta hastanede yattı.

— Ayyy! Çok üzüldüm şimdi. Keşke haber verseydiniz.

— Haber verecek durumda değildik. Hem iş, hem de hastane arasında koşuşturmaktan çok yorulduk.

— Evet, haklısın, yorulmuşsunuzdur.

— Ben esas size şaşırdım.

— Niye, ne oldu ki?

— Mademki bizim hakkımızda bu kadar çok şey duydunuz, hiç merak edip de bu çocuklara ne oldu diye sormak aklınıza gelmedi mi? Bize bir telefon açıp durumumuzu sorsaydınız her şeyi doğru olarak bilecektiniz.

— Size çok sinirlendiğim için telefon açmak istemedim. Sinirimin geçmesini bekledim. O günlerde arasaydım size karşı kırıcı konuşabilirdim.

— Olsun, yine de ben sizin aramanızı tercih ederdim. Başkalarının değil.

— Neyse boş ver bunları, başka ne anlatacaksın?

— Eğer beni dinlerseniz, konuşmama kaldığım yerden devam etmek istiyorum.

— Tamam tamam, devam et.

— İnsanız, hepimizin başına kötü olaylar gelebilir. Bilerek ve isteyerek kimseye zarar vermedik. Çocukların hastane masraflarını hesap edemezdik.

— Çok zor günler geçirmişsiniz, haklısın.

— Evet, o günler çok tatsızdı. Allaha şükür kazasız belasız atlattık.

— Eeee…

— Bir olay var ki, onu hâlâ atlatamıyoruz.

— Neymiş?

— Bize en yakın olan kişilerin hakkımızda konuşup yorum yapmaları.

— Herkes herkesin hakkında konuşup yorum yapabilir. Bu insanların yıllardır vazgeçemediği bir şey. Herkes kendi yaptığından sorumludur.

— Peki o zaman, ben size bir şey sormak istiyorum.

— Sor bakalım.

— Sizden rica ediyorum, bana olan duygularınızı bir kenara bırakın, soruma tüm samimiyetinizle cevap verin.

— Ooo! Tehlikeli bir durum seziyorum. Ama bir yandan da sorunu merak ediyorum.

— Lütfen, bu cevap benim için çok önemli.

— Peki, seni dinliyorum.

— **Bizim eve niye geldiniz?**

— Neeee? Ne demek o şimdi? Niye mi geldim? Nasıl yani? Sizi görmeye gelmişimdir herhalde. Başka ne için gelebilirim ki?

— O zaman sorumu biraz daha anlaşılır sorayım. Siz bizim evimize geldiğinizde, bizi görmeye mi geliyorsunuz? Yoksa bizim ne şartlar altında yaşadığımızı, karı koca problemlerimizi diğer insanlara anlatmak için haber toplamaya mı?

— Hıııı! Şimdi anladım ne demek istediğini.

— Anladıysanız o zaman lütfen soruma samimi olarak cevap verin.

— Şu anda sana cevap vermek istemiyorum. Başka konuşacağın bir şey varsa onu konuş, yoksa konuyu kapatmak istiyorum.

— Peki, ben sorumun cevabını almış oldum. Teşekkür ederim.

— Bir şey değil. O zaman bu konu burada kapandı.

— Maalesef, henüz kapanmadı. Çünkü benim söyleyeceklerim daha bitmedi. Onları da size söyledikten sonra artık aramızda konuşacak pek bir konu olacağını sanmıyorum.

— Vayyy, demek daha bitmedi. O zaman bir an önce bitir de ikimiz de rahat edelim.

— Az sonra bitecek, meraklanmayın.

— Hııı!

— Bugün, bu konuşmadan sonra, şunu çok iyi anladım ki, kimse kimsenin dostu değilmiş.

— Eee...

— Herkes birbiri hakkında konuşabilmek adına bir araya geliyormuş.

— Eeee...

— Ben artık bu olayların içinde yer almak istemiyorum.

— Nasıl yapacaksın bunu? Mümkün mü böyle bir şey?

— Hayatta her şey mümkün, zaten hepiniz beni kötü bir eş olarak görüyorsunuz. Ne yaparsam yapayım artık sizi bu fikrinizden vazgeçiremem.

— Eeeee.

— Ben de bu duruma karşı bir karar almak zorunda kaldım.

— Neymiş kararın?

— Gerçekten sizin dediğiniz gibi kötü bir kişi olacağım.

— Nasıl olacak o?

— Bu günden sonra ne eşimin, ne de çocuklarımın siz ve sizin gibi insanlarla görüşmesine izin vermeyeceğim.

— Ha ha ha! ☺ Bunun o kadar kolay olabileceğini mi sanıyorsun?

— Sanmıyorum. Eminim. Ailemin huzuru ve mutluluğu için her şeyi yapabilirim. Benim için ailem herkesten önce gelir.

— İyi yap bakalım o zaman, hep birlikte görelim. Nasıl yapacaksın?

— İşte size uzun süre yetecek kadar yeni malzeme. Bir süre bununla idare edin, sonra kendinize konuşacak yeni olaylar, yeni insanlar bulursunuz umarım.

— Ha ha ha! ☺

— Çok eğlendiniz bakıyorum.

— Evet, çok güldüm. Sinirlerim bozuldu herhalde ondan böyle gülüyorum. Yoksa söylediklerin hiç komik değil.

— Neyse ben sizi daha fazla meşgul etmeyeyim. Size iyi günler diliyorum.

— Dur bir dakika, nereye gidiyorsun? Sen anlatacaklarını anlattın, şimdi sıra bende.

— Ben size söylemiştim, konuşmam bittikten sonra çekip

gideceğim, demiştim.

— Hiçbir yere gidemezsin. Beni bir sürü olaydan sorumlu tutup, kafana estiği gibi kararlar alıp bir anda çekip gidemezsin.

— Neden?

— Benim de kendimi savunma hakkım var, anlatmak istediklerim var herhalde.

— Şimdi dinleme sırası bana geçti. Siz anlatın ben dinleyeyim.

— Önce bana bir söz vermeni istiyorum.

— Neyle ilgili?

— Benim sana anlatacaklarımla ilgili.

— Tamam.

— Bugün, burada yaptığımız konuşmalar ikimizin arasında ömür boyu bir sır olarak kalacak. Bir daha bu konu üstünde hiçbir zaman, hiçbir yerde konuşmayacağız.

— Peki, size tüm şerefim üzerine yemin ederim.

— O zaman konuşmaya başlıyorum.

— Sizi dinliyorum.

— Bunları sana söylemek benim için çok zor olacak ama söylemem gerektiğini hissediyorum.

— Hıı...

— Sen aslında almış olduğun kararda çok haklısın. Kadınlık içgüdüsüyle aileni korumak istiyorsun.

— Evet.

— Bugün cesaretini toplayarak buraya gelip benle bu konuşmayı yaptın. Çoğu insan senin bu yaptığını yapamaz. Bütün bu yaşananları içine atar, sağlığından olur. Belki sonra evlilik hayatı bile biter.

— Evet.

— Bana karşı kendini, kocanı ve çocuklarını korumak zorunda kalman, beni çok etkiledi doğrusu.

— Aaa!

— Bugünkü konuşmadan sonra yıllardır ne kadar yanlış yapmış olduğumu anladım. Biz, güya insanlar hayatlarını iyi yaşasınlar diye, kendi aramızda konuşup duruyoruz. Ancak onlara bunun hiçbir faydası yok, tam tersi, zararı var. Sadece kendimizi oyaladığımızı, bu tür konuşmaları yaparken kendimizi ne kadar da iyi hissettiğimizi anladım.

— Hııı!

— Siz bize göre ne kadar çok hatalı davranışlar içinde bulunursanız, bizim için o kadar iyiydi. Biz sizin yaptığınız bu yanlışları yapmadığımız için, diğer insanlara karşı kendimizi sizden daha üstünmüşüz gibi gösteriyorduk.

— Aaa, evet, olabilir. Bu yönüyle hiç düşünmemiştim.

— Siz, bizlere göre hata yaptıkça, biz kendimizi yücelttik, sizleri küçülttük. Biz sizlerden daha akıllıydık, daha tecrübeli idik. Her şeyin en iyisini biz bilirdik. Biz hata yapmayan, mükemmel insanlardık. Kendimizi hep böyle gördük ve diğerlerine öyle olduğumuzu kanıtlamak için uğraştık durduk. Bunun niye böyle olduğunu şimdi daha iyi anlıyorum.

— Niye?

— Herkes tarafından onaylanmak istediğimiz için. Eğer biz de onlar gibi olmazsak toplumun dışında kalacağımızı düşünüyorduk.

— Hıı, evet.

— Toplum bizi ne kadar çok onaylarlarsa, biz kendimizi o oranda güçlü hissettik. Bunun sebebi de, aslında kendimize güvenmiyor olmamızdı. Eğer kendimize biraz güvenmiş olsaydık bu davranışlarda bulunmaya gerek duymayacaktık. Toplum dışına çıkmış olsak bile bu bizi etkilemeyecekti.

— Belki de yalnız kalma korkusu...

— Olabilir, her şey olabilir. Daha başka duygular da olabilir.

— Evet.

— Hayat her zaman inişli çıkışlıdır. Hiçbir zaman tekdüze gitmez. Bugün yaşadığını yarın yaşayamazsın. Her gün yeni bir başlangıçtır. Hiçbir şey için geç kalınmış değildir.

— Hıı...

— İlk başta bize kötü bir olaymış gibi görünen, fakat sonrasında, iyi ki de başıma gelmiş, dediğimiz olayları zaman zaman hepimiz yaşamışızdır.

— Evet...

— Bugün sen de, ben de bunu yaşadık. Günlerdir kendi kendine sürekli şu soruları sormuşsundur, "Bunlar benim başıma niye geldi? Ben bunları hak edecek ne yaptım? Niye bir türlü mutlu olamıyorum? İnsanlar niye sürekli dedikodu yapıyor?"

— Evet, aynen öyle oldu.

— Herkes tarafından aile içi ilişkilerinin biliniyor olması seni çok rahatsız etti. Bu yüzden psikolojik durumun bozuldu ve doktora gittin.

— Evet.
— Buraya geldiğinde bana çok kızgındın, kırılmıştın, yıkılmıştın, kendini aşağılanmış hissetmiştin.
— Doğru söylüyorsunuz. Hâlâ da öyle hissetmeye devam ediyorum. Bunların hiç biri olmasaydı da, ben sadece sizi ziyaret etmek için gelmiş olsaydım keşke.
— Aslında çok haklısın, bu yaşananlar hiç hoş değil, keşke yaşanmasa demek isterdim ama bunun imkansız olduğunu biliyorum. Söz ağızdan çıkmadan önce senindir, ama çıktıktan sonra herkesindir. O yüzden neyi konuşup neyi konuşmamamız gerektiğini bilmemiz lazım.
— Evet.
— Sen benim karşıma geçmiş bana hesap sorarken, kendi evlilik hayatımda yaşadıklarım bir anda aklıma geldi.
— Aaaa! Siz de mi böyle olaylar yaşadınız?
— Evet, ben de senin bu yaşadıklarını evlilik hayatım boyunca yaşadım. Benimkinde konu kayınvalideyle beraber oturmaktı, daha sonra başka şeylerde oldu. Ben de el âlem tarafından böyle çok kereler yargılandım, suçlandım.
— Aaaa! Çok ilginç.
— Ben hiçbir zaman senin kadar cesaretli olamadım. Onlara boyun eğmek ve onlar gibi olmak zorunda kaldım. Çünkü yalnız kalmayı göze alamıyordum. Evliliğimin ilk yıllarında, insanların birbirleri hakkında bu tür konuşmalar yapması bana çok saçma ve yanlış geliyordu. Ama zamanla hep aynı olayların içinde yaşamaktan, hep aynı tür konuşmaları duymaktan

bana bu yaptıklarımız normal bir davranışmış gibi gelmeye başladı.

— Doğru, toplumun her kesiminde bu tür konuşmalar yaşanıyor.

— Sana tüm kalbimle teşekkür etmek istiyorum.

— Aaaa! Niye ben ne yaptım ki? Üstelik haddimi aşarak size saygısızca davrandım.

— Sen belki farkında değilsin ama beni kendime getirdin. Bugün seninle bunları yaşamasaydık ömrümün sonuna kadar insanlar hakkında böyle konuşmalar yapmaya devam edecektim. Hem kendime, hem de diğerlerine zarar vermiş olacaktım.

— Bu konunun bu şekilde çözülmesine çok sevindim. Kendimi şu anda çok mutlu hissediyorum.

— Ben de çok sevindim. Bugünden itibaren sizin için elimden gelebilecek maddi ve manevi ne varsa her şeyi yapmaya hazırım.

— Çok teşekkür ederim. Siz gerçekten iyi bir insanmışsınız.

— Rica ederim. Unutma, bu konuştuklarımız ve yaşadıklarımız aramızda kalacak.

— Kesinlikle emin olabilirsiniz. Benden yana hiç şüpheniz olmasın.

— Peki, şüphe etmem. Benimle görüşmeme kararından vazgeçtin mi?

— Tabii ki, bu konuşmadan sonra öyle bir şeye artık gerek kalmadı. İstediğiniz zaman bize gelebilirsiniz.

— Beni davet ettiğin için çok teşekkür ederim. En kısa sürede size geleceğim.

— İzin verirseniz artık eve gitmek istiyorum.
— Tabii ki, ne zaman istersen gidebilirsin. Bugün sana bir şey ikram edemedim, kusura bakma.
— Önemli değil, bugün ikimiz için yeni bir başlangıç oldu. Bundan sonra daha sık görüşürüz herhalde. Hoşça kalın.
— Sen de hoşça kal. Evdekileri benim için öp.

Dünyada ilk aldatılan kadın sen misin?

Elmas Hanım ve komşusu, sabah kahvesini içerlerken bir yandan da birbirlerine bazı havadisler veriyorlar.
— Bak sana bir şey anlatacağım ama aramızda kalsın.
— Aaa! Aşk olsun, ne demek şimdi o.
— Fadime Hanım'ın gelininin kız kardeşi var ya...
— Hıı. Kimdi? Bir dakika, şu sıska olan kız mı?
— Hıh, evet, o işte.
— Ne olmuş ona?
— Boşanmaya karar vermiş.
— Aaa! O da mı boşanacak? Ne bu böyle, yeni moda oldu herhalde. Herkes bir anda karar veriyor, sonra da boşanıyor.
— Başka kim boşandı?
— Bizim Ayşe Teyze var ya...
— Hani şu tombul, pembe yanıklı, geçen gün sendeydi, o mu?
— Hah... O işte. Onun yeğeni. Bunu kocası birkaç defa dövmüş, o da hastaneden rapor almış, geçen hafta boşandılar. Peki, bununkinin sebebi neymiş?

— Bunda dayak falan yok.
— Ne var o zaman?
— Kocası aldatıyormuş dediler, o yüzden kız boşanmak istiyormuş.
— Sebep bu mu yani?
— Maalesef bu, adam aslında öyle kötü bir adam değil. İçkisi yok, kumarı yok, karısına dayak da atmıyor, evini de ihmal etmiyor, çoluk çocuğuna sahip çıkıyor.
— Eee. Ne güzel işte, bu zamanda daha iyisini mi bulacak?
— Bulamaz tabii ki, imkansız.
— Erkek milleti bu, sağı solu belli olmaz, bazen aldatır.
— **Dünyada ilk aldatılan kadın sen misin** sanki? Dünya starı olmuş kadınlar bile aldatılıyor. Böyle gelmiş, böyle gider.
— Ne demişler, erkeğin elinin kiridir, yıkar geçer.
— O kadar işte. Bu kadar abartmaya gerek yok. Benim kocam hariç erkeklerin çoğu bunu yapıyor.
— Ne demek istiyorsun sen şimdi? Benim kocam yapar mı yani? Onu mu demek istiyorsun? Cık... cık cık.
— Yok canım, onu demiyorum. Hemen bozulma. Bizim kocalarımız hayatta böyle bir şey yapmaz. Onların o tarakta bezi yok. Başları derde girer diye korkarlar.
— Evet, kesinlikle, bizimkiler yapmaz. Ben onlara güveniyorum.
— Ben de güveniyorum.
— Ne olacak yani, kocası aldattı diye yuvasını mı yıkacak? İki de çocukları var. Peki, onlara ne olacak?
— Çocukları düşünen yok tabii ki, herkes kendini dü-

şünüyor. Şimdi o yavrucaklar kimde kalacak? Annede mi, babada mı? Hepsi perişan olacak, bak benden söylemesi. Çocukları olmasaydı bir derece.

— Mahkeme karar verecek herhalde kimin nerde kalacağına.

— O daha da kötü bir durum. Eğer aralarında çocuk konusunda anlaşamazlarsa hakim çocukları mahkemeye çağırıp soracak, "Annenle mi kalmak istersin, babanla mı?" Zavallı çocuklar bu durumda hangisini seçecekler?

— Yazık, valla yazık. Küçücük çocukları bir de mahkemeye mi götürecek? Onların psikolojisini hiç mi düşünmüyor?

— Evet, sadece kendini düşünüyor. Ne biçim ana bu?

— Nasıl bir ana olduğunu anlayamadım doğrusu. İnsanların boşanma sebeplerine bir bakar mısın, gülmekten ölüyorum valla. Ruhen anlaşamadık, ruh ikizim değilmiş, aramızda şiddetli geçimsizlik var, doğru mahkemeye, boşanalım.

— Bu kadar basit mi yani ayrılmak, bir yuvayı paramparça etmek? Evlilikte her şey olur, dayak da olur, aldatma da, kimse dört dörtlük değil, çekeceksin tabii ki, başa gelen çekilir. Gerekirse ömrünün sonuna kadar çekeceksin.

— İnsanın bir tane kocası veya karısı olur. Ölene kadar onunla yaşamak zorundadır. Başka çaresi yok.

— Kesinlikle...

— Peki, kız boşanınca geçimini nasıl sağlayacak?

— Bir işte çalışıyor, ona güveniyor herhalde. Başka güvendiği biri mi var yoksa, onu da bilmiyorum doğrusu.

— Hıı, eli ekmek tutuyor yani?

— Evet, yıllardır çalışıyor. Çalışmasa bakalım sesini çıkarabilecek mi kocasına karşı? Dikkat ettim de, çalışan kadın sayısı arttığından beri boşanmalar çoğaldı.

— Tabii ki çoğalır. Artık kimse koca kahrı çekmek istemiyor. "Ben de para kazanıyorum, ayaklarımın üstünde duruyorum, niye kocama katlanmak zorunda kalayım?" diyorlar.

— Evet, en önemlisi para kazanmak, parasız adım atılmıyor.

— Bu önemli değil, bir şekilde geçimini sağlarsın ama esas başka önemli bir şey var.

— Bundan daha önemli başka ne var ki?

— Var var, bak söylüyorum beni iyi dinle.

— Dinliyorum.

— Bir kere dul kadın damgası yiyecek.

— Hıı...

— Ondan sonra bakalım hayatında neler değişecek, o zaman görecek, anlayacak.

— Doğru yaaa. Bu çok önemli. Boşandıktan sonra herkes ona farklı gözle bakmaya başlayacak. Eskiden görüştüğü arkadaşları onunla artık görüşmek istemeyecek. Herkes kocasını ondan korumaya çalışacak.

— Evet, işte en önemlisi bu, hayatı artık eskisi gibi olmayacak. Her şeye yeniden başlamak zorunda kalacak.

— Çok doğru. Etrafımızda bunun gibi birçok olay yaşandı. Kocasından ayrıldıktan sonra kötü yola düşen birçok kadın duyduk. Daha mutlu olacağım, daha iyisini bulacağım, diye çocuklarını da, kendilerini de perişan ettiler.

— Allah hepimizi korusun, kimsenin başına böyle bir şey vermesin. Dağlara taşlara.

— Aminnn.

— Boşanır boşanmaz erkekler etrafında fır fır dönmeye başlayacak. Ne için, güzel olduğu için mi? Yoo, menfaatleri için. Kadını kullanıp bir kenara atacaklar. Şimdi herkes bayılıyor zaten bir gecelik ilişkilere. Orta malı olup çıkacak.

— Evet, kimse bu kıza bunları anlatmamış herhalde. Bilse başına gelecekleri, belki boşanmaktan vazgeçer.

— Davulun sesi uzaktan herkese hoş gelir, derler.

— Doğru valla.

— Başında bir erkek olmadan bu zamanda tek başına yaşamak hiç de kolay bir şey değil. Ne olursa olsun, başında mutlaka bir koca olsun. Koca bu, döver de sever de, aldatır da ama en azından başında her zaman bir erkek olduğunu bilirsin, için rahat eder.

— Eskiden böyle miydi, benim annemlerin zamanında boşanmak diye bir şey yoktu. Boşanma lafı bile ayıp ve günah sayılırdı.

— Evet, eskiden öyleydi. Benim annemle babam da hep kavga ederdi. Hiç anlaşamazlardı, ama annem, bir gün bile babamdan ayrılmayı düşünmedi. Kendi kaderine razı geldi. "Bu benim çilem, çekmek zorundayım," dedi. Kimseye bir şey belli etmeden acılarını içine atıp, ömrünün sonuna kadar evli olarak yaşadı.

— Benimkiler de hep kavga ederdi, ama hemen barışırlardı. Hiç küskün kalamazlardı. Kim kabahatliyse gider hemen diğerinin gönlünü alırdı. Sonra da, "Karı koca arasında her şey olur," derlerdi.

— O zaman öyleydi, şimdi devir değişti. Hoşgörü, saygı diye bir şey kalmadı.

— Evet, evlilikte, hoşgörü ve saygı çok önemli.

— Bunlar bir yana da, önemli bir konu daha var.

— Neymiş?

— Bunlar şimdi boşandıktan sonra mecburen yine evlenecekler. Çocuklarını üvey anne, üvey baba ellerinde mi büyütecekler?

— Evlenirler herhalde, ömürlerinin sonuna kadar bekar kalacak değiller ya.

— Belki çocuklar yeni evlerinde yine mutsuz olacak, evden kaçacak, uyuşturucu kullanacak, kötü arkadaşlar edinecekler, sorunlar daha da büyüyecek.

— Bunları da düşünmek lazım tabii ki, o da ayrı bir sorun.

— Sanki yeniden evlendiği kişiyle çok mutlu mu olacak? Bunun bir garantisi yok ki.

— O zaman ondan da boşanacak herhalde. Nasıl olsa alıştı. ☺

— Sen de bu işi çocuk oyuncağına çevirdin. Olmadı boşan, bir daha evlen, aaa o da olmadı, boşan, bu böyle sürüp gidecek herhalde.

— ☺☺☺☺

— Gülmeyi bırak da, gerçekten bu kızın sonu ne olacak?

— Ne biliyim ben, anası değilim, babası değilim. Ne

söyleyebilirim ki? Bana bir şey söylemek düşmez. Yakın olsak belki bir şeyler söylerdim.

— Sen yine de Fadime teyzenin kulağını bir büksen, o da gelinine anlatsa, gelini de kız kardeşiyle konuşsa, belki kararından vazgeçer.

— Ben telefon edip ağızlarını bir yoklayayım. Çünkü ben başka bir yerden duydum. Onlar bana anlatırsa ben de fikrimi söylerim.

— Hıı. Zor aslında bu işler, sizin de aranız bozulmasın sonra, kaş yapayım derken göz çıkarmayalım.

— Evet, doğru söylüyorsun. Bir de öyle bir durum var. Neyse canım biz karışmayalım, her koyun kendi bacağından asılır.

— Doğru, en iyisi etliye sütlüye karışmamak. Sende başka ne konular var?

— Ben anlatacaklarımı anlattım. Benden bu kadar, şimdi sıra sende...

— Şu kahve sohbetlerimiz de olmasa hayat çok sıkıcı olurdu valla.

— Yaaa, evet haklısın. Her gün böyle dedikodu yaptıkça sanki terapi görmüş gibi oluyoruz. Ben kendimi çok rahatlamış hissediyorum doğrusu.

— Aynen, ben de öyle.

Saçında bir tane beyazı yok.

Efsun Hanımla komşusu Petek Hanım pencereden bağıra bağıra birbirleriyle konuşuyorlar.

— Bak şimdi, görüyor musun sen bu haylaz oğlanı? Millete hava atacağım diye neler yapıyor. Yine son model bir araba almış altına, patinaj çeke çeke bastı gidiyor. Mahalleyi ayağa kaldırdı. Ödüm patladı valla. Birine araba çarptı zannettim, koşa koşa cama geldim.

— Ben de öyle, mutfakta yemek yapıyordum, sesleri duyunca koştum geldim.

— Allah akıl fikir versin, ne diyeyim.

— Daha geçen gün bunun altında başka bir son model araba yok muydu?

— Evet, vardı, hem de rengi bundan daha güzeldi. Bu ne biçim renk böyle cartlak bir şey.

— Çok dikkat çekici bir renk seçmiş. Araba uzaktan ben buradayım, diyor.

— Sürekli yeni araba alacağına güzel bir kız alsın da, evlensin.

— Yaa, evet doğru söylüyorsun. Annesi babası torun sevmek ister. Dünya gözüyle torunlarını kucağına almak ister.

— Bence artık o evlenemez.

— Niye?

— Yaşı evlilik yaşını çoktan geçti. Bu işler gençken olur. Gözü tam açılmadan evlendireceksin. Belli bir yaşa geldikten sonra artık kimseyi beğenmez olur.

— Evet, doğru diyorsun. Bizim Abdülrezzak amcanın da oğlu öyleydi. Okumuş, tahsilli, yakışıklı ama bir türlü evlenemedi. Kimseleri beğendiremedik. Hepsine bir kulp taktı.

— Evlenip evlenmemesi bir tarafa ama ben görgüsüzlüğüne, müsrifliğine, tahammül edemiyorum. Gömlek değiştirir gibi araba değiştiriyor. Sonra da gelmiş, mahallede herkese hava atıyor. Belli ki anası babası terbiye vermemiş, öğretmemiş. Bu kadar müsriflik, görgüsüzlük olur mu hiç?

— Zaten anası babası ne ki, ne terbiye görmüş? Daha köyden yeni geldiler, geldiklerinde iki lafı bir araya getirip de konuşamıyorlardı. Ne dediklerini anlamak için zorlanıyorduk. Sonra bir anda parayı buldular, ne oldum delisi oldular.

— Babasının hangi yollardan para kazandığını cümle âlem biliyor. Şimdi buradan söylemek doğru olmaz.

— Bu dünyanın düzeni para üzerine kurulmuş. Paran varsaaaa, her şeyi yapma hakkın var, kimse sesini çıkartmaz.

— Çıkarmaz, niye çıkarsın ki? Karısı bile kocasının kimlerle kırıştırdığını bildiği halde sesini çıkarmıyor. Eeeee, ne de olsa işin ucunda para var para. Bu zamanda para her kapıyı açar. Eskiden böyle miydi, şeref vardı, namus vardı, haysiyet vardı. Şimdi kim kimle, ne için belli değil.

— Bana da bir arkadaşım anlattı. Karısı her şeyi biliyormuş, bir de bu yetmiyormuş gibi kuaförde herkese anlatıyormuş. "Tilkinin dönüp dolaşıp geleceği yer kürkçü dükkanıdır. Bizim adamında başka şansı yok. Sonunda bana dönecek. Ben şimdi boşanayım da bütün parayı karılarla, kızlarla yesin, bana ve aslan gibi çocuklarıma beş kuruş para kalmasın mı? Olmaz öyle şey, hayatta kabul etmem. Ben kocamın parasını kimselere yedirmem. Kocamın sağlığında paralarını çocuklarımla ben yiyeceğim. O karılara bırakmam," diyormuş.

— Hııı, demek ki bu yüzden bunlar su gibi para harcıyor. Bu çocuk da her ay altına yeni bir araba çekiyor. Çeşme akarken dolduralım, diyorlar yani.

— Kesinlikle, yoksa bu kadar kolay para harcanır mı hiç? Baba parasıyla bunları yapmak kolay, alın teriyle çalışsın da kendi parasını kazansın. Bu kadar kolay harcar mı bakalım o zaman?

— Kendi parasına hayatta kıyamaz. Başkasının parasını harcamak en kolayı. Babası ölünce ne yapacak bakalım, ben onu çok merak ediyorum?

— Hiçbir iş yapamaz. Çalışmaya alışık değil, para kazanmayı bilmiyor. O sadece bir güzel para yemeyi biliyor.

— Aslında eli yüzü düzgün, helal süt emmiş bir kızla evlense belki hayatı düzene girer. Kız onu çekip çevirir.

— Olur tabii ki, niye olmasın? Akıllı uslu bir kız olursa bunu da adam eder en azından. Ama garip değil mi? Kaç yaşına geldi hâlâ evlenemedi, onun yaşıtları evli barklı, çoluk çocuk sahibi oldu, bu hâlâ bir yuva kuramadı. Acaba yaşından dolayı kızlar onunla evlenmek istemiyor olabilir mi?

— Yok canım, olmaz öyle şey, baksana, yaşı bayağı var ama hiç yaşını göstermiyor. Hâlâ yirmilik delikanlı gibi ortalarda geziyor. Kimse inanmaz onun kırk beş yaşında olduğuna. Dikkat ettin mi? **Saçında bir tane beyazı yok.**

— Tabii ki beyazı olmaz, niye olsun ki? Dert yok, tasa

yok, her gün gezip tozuyor, hayatını yaşıyor. Su gibi para harcıyor, ondan rahatı yok bu dünyada.

— Doğru valla, çoluk çocuk yok, ekmek isteyen yok, su isteyen yok, ekmek elden su gölden yaşayıp gidiyor.

— Bak aklıma ne geldi. Ne diyeceğim?

— Ne geldi, söylesene?

— Yoksa diyorum, bu çocukta bir gariplik mi var? Hani şey olmuş diyorlar...

— Ney olmuş diyorlar? Ne gibi bir gariplik? Doğru dürüst anlatsana şunu, ağzında geveleyip durma, şey, mey, diye.

— Hani erkek değil de metro bilmem ne diyorlar ya, ondan olmuş.

— Yuh artık, daha neler, bu kadar da olmaz. Sen sapıttın galiba.

— Niye sapıtayım canım, ben de diyenlerin yalancısıyım.

— Hııı, ben anladım senin niye böyle konuştuğunu.

— Niyeymiş?

— Kaç saattir öğlen güneşinde penceredeyiz, tabii ki senin başına güneş geçti. O yüzden abuk sabuk konuşuyorsun.

— Yok be, saçmalama, niye geçsin ki? Ne güzel muhabbet ediyoruz işte. Sen beni bırak da, sen ne düşünüyorsun onu söyle.

— Öyle bir şey olsa kesin kokusu çıkardı. Ayrıca babası bunu yaşatmazdı. Çoktan toprağın altına gitmişti. Her ne kadar sonradan görme olsalar da onlar köylü kafalı, bu tür şeylere çok önem verirler. Mümkün değil olamaz.

— Ama genelde arabasında genç kızlar yerine hep genç erkekler varmış, öyle diyorlar. Başka bir erkek olsa böyle bir arabaya çıtır kızları doldurur gezer, millete hava atar. Öyle değil mi? İnsanın kafası karışıyor işte. Bilemem valla, eğer öyle bir şey olduysa günahı kendi boynuna.

— Ayy! Yapma ya, var mıdır dersin öyle bir şey? Yok be sanmam, ayy şimdi içime bir kurt düşürdün, benim oğlan da ara sıra biniyor bunun arabasına. Yolda biraz sohbet ediyorlarmış, sonra da okula bırakıyormuş, öyle diyordu. Bir gariplik olsa benim oğlum bana söylerdi. Benden hiçbir şeyini gizlemez. Bütün kız arkadaşlarını bana anlatır. Aramız iyidir onunla.

— Ben gözümle görmedim. Ama görenler öyle anlatıyor. Arabasında hiç genç kız görmemişler. Hep yakışıklı, gencecik çocuklar varmış.

— Yok yaa olmaz öyle şey, yoktur, yoktur. Neyse, benim ocakta yemeğim vardı, muhabbette daldık, inşallah dibi tutmamıştır.

— İyi, hadi sen git yemeğine bak, sonra da bana gel, karşılıklı kahve içer, kaldığımız yerden devam ederiz.

— Bakarız, biraz işlerim vardı ama bilemiyorum. Ben sana sonra haber veririm.

Ne fındıklar kırdı?

Tuba iş arkadaşlarının yanından geçerek kendi masasına doğru yürüdü. Masasına oturmak üzereyken iki arkadaşının kendisi hakkında fısır fısır bir şeyler konuştuğunu fark etti. Onların ne söylediğini duyabilmek için koltuğunu biraz daha sağa doğru çevirerek oturdu.

— Gördün mü bugün hangi arabayla işe geldi?

— Evet gördüm, görmez miyim? Görmemek için kör olmak lazım.

— Doğru, benimki de soru mu? Görmeyen ve şaşırmayan kalmamıştır herhalde.

— Servisten inerken hepimiz şok olduk. Herkes birbirine baktı ve bir anlam veremedi. Eminim ki herkesin kafasında aynı soru işareti oluştu. Bu kız bu arabayı nasıl aldı?

— Eeee, tabii ki, bu sorular olacak. Aldığı araba son model, bu arabayı almak herkesin harcı değil.

— Evet, kesinlikle, sana katılıyorum. Biz ondan daha önce işe girdik, ondan daha kıdemliyiz ama hâlâ bir arabamız bile yok. Acaba biz mi para biriktirmeyi bilmiyoruz, ne dersin?

— Ağzından çıkanı kulağın duymuyor herhalde. Ne para biriktirmesinden bahsediyorsun sen. Arabanın fiyatı hakkında en ufak bir bilgin var mı acaba? Yüz sene boyunca bu şartlar altında çalışırsak, belki alabiliriz.

— O kadar pahalı yani. Ben arabalardan pek anlamam, o yüzden yanlış konuşuyor olabilirim.

— Belli, hiçbir şeyin farkında değilsin, sanki hayal dünyasında yaşıyorsun. Etrafından neler dönüyor, kim kiminle ne yapıyor, onu bile fark etmiyorsun. Bir gece de zengin olmadı herhalde, piyangodan da para çıkmadı. Çıksa hepimizin haberi olurdu. Eeee nasıl oldu peki?

— Sen böyle manalı manalı konuştuğuna göre bir şeyler biliyorsun galiba?

— Eeee, herhalde yani...

— Ayy! Meraktan öleceğim şimdi. Ne biliyorsan çabuk bana da anlat, ben de öğrenmek istiyorum artık.

— Beni iyi dinle, anlatıyorum. Çok vaktimiz yok, birazdan öğlen tatili bitecek.

— Pür dikkat seni dinliyorum. Hadi, hızlı hızlı anlat.

— Bu kız işe girerken torpille girmişti, bunu biliyorsun herhalde?

— Yooo, bilmiyorum. Kimin torpiliyle girdi?

— Oooo, kızım sen de uyuyorsun, boşuna demiyorum hayal âleminde yaşıyorsun diye.

— Şimdi beni bir kenara bırak, anlat şunu, çatlatma insanı.

— Patronun çok zengin bir arkadaşı var, hani ayda bir kere pazartesi günü bizim şirkete gelir, hatırladın mı?

— Hani şu uzun boylu, yakışıklı, mavi gözlü adam mı?

— Hah, bildin işte o. Onun tavsiyesiyle işe alındı.

— Eeeee..?

— Bu zengin arkadaş aynı zamanda evli.

— Eee, bize ne canım adamın medeni durumundan.

— Sen de ne safsın. Esas önemli olan bu. Adam çok zengin bir kadınla evli.

— İyi ya işte, tencere yuvarlanmış kapağını bulmuş. Ama ben hâlâ anlayamadım, bu insanların konumuzla ne alakası olduğunu.

— Biraz susup beni dinlersen anlayacaksın, yoksa öğle tatilimiz bitecek, akşama kadar beklemek zorunda kalacaksın.

— Tamam tamam, sustum.

— Şimdi bu adam çok zengin bir kadınla evli, para kadında, adamın yakışıklılığından başka hiçbir şeyi yok.

— Eeeee...

— Bir gün bizim bu zengin adam, iş arkadaşımız olacak şu şırfıntıyla dernek toplantısında tanışır. Orada birbirlerinin telefonlarını alırlar ve aradan zaman geçer çıkmaya başlarlar.

— Aaaaaaa! Hadi yaa, inanılır gibi değil. Bu kızla (!) yani bu otuz beş yaşındaki evde kalmış kız kurusuyla, öyle mi?

— Aynen öyle canım, sen onun yaşına, başına, tipine bakma. Ne işler çevirdiğine bak. O hayatı boyunca kim bilir **ne fındıklar kırdı**, hangi yollardan geçti, kimlerin canını yaktı da bu arabayı alabildi. Niye senin benim altımda böyle bir araba yok, şimdi anladın mı?

— Ayyy! Rezalet bu. Kulaklarıma inanamıyorum. Şok oldum valla. Peki sen bunların hepsini nerden biliyorsun? Niye benim haberim yok? Bunlar olurken ben nerdeydim?

— Eeee, o da meslek sırrı, söylenmez. Bizim de yöntemlerimiz var herhalde. Ben senin gibi bütün gün bilgisayara gömülmüyorum. Birazda etrafla ilgilenip neler olup bittiğine kulak veriyorum.

— Bravo doğrusu, seni tebrik etmek lazım, hem işini yapıp hem de bu kadar bilgiye sahip olmak ayrı bir yetenek herhalde.

— Sağ ol, canım benim, teşekkür ederim. İltifatların karşısında koltuklarım kabardı.

— Yok canımmmm, iltifat falan etmiyorum, bu bir gerçek. Peki bana anlatmayacak mısın bu bilgileri nasıl öğrendiğini?

— Beni bu kadar pohpohladıktan sonra anlatmazsam ayıp olur. Ama bir şartım var.

— Neymiş?

— Bu anlattıklarım aramızda kalacak, yoksa bozuşuruz seninle.

— Aaa! Aşk olsun! Sen bana güvenmiyor musun?

— Güveniyorum güvenmesine ama işimi de tehlikeye atmak istemiyorum. Bunları benim anlattığım bir ortaya çıkarsa patron gözümün yaşına bakmaz, anında beni kapının önüne koyar.

— Aaa! Patronla ne alakası var şimdi bütün bunların? Hiçbir şey anlayamadım. İkisinin arasındaki özel ilişkiye bizim patron niye karışsın, ona ne?

— Biraz sabırlı olursan sana anlatacağım. Çok karışık bir konu aslında, sana kestirmeden ve düzgün olarak anlatmaya çalışıyorum. Biliyorsun ki vaktimiz kısıtlı.

— Evet.

— Şimdi bu adamanın zengin karısı var ya...

— Eeee...

— O, aynı zamanda bizim patronun karısının çok samimi bir arkadaşıymış.

— Hıı...

— Veee, aşırı kıskanç bir kadınmış. Kocasına göz açtırmıyormuş. Peşine dedektifler takıyormuş.

— Eeeee...

— Ayrıca bizim şirketin gizli ortağıymış. Yani esas parayı koyan bu kadınmış, ama bunu kimse bilmiyor. Ben de tesadüfen öğrendim. O gün patronun yanında olmasaydım öğrenemeyecektim.

— Haydaaaa! Bizim patron diye bildiğimiz patron değil de bir kukla mı yani? Esas patron bu kadın mı? Benim iyice kafam karıştı, işin içinden çıkamayacağım galiba, imdat.

— Sıkıştırılmış dedikoduda bu kadar oluyor işte. Devam ediyorum, dikkatle dinle!

— Tamam tamam, dinliyorum. Heyecandan kalbim yüz kırk atmaya başladı, çok gizli bilgiler bunlar, artık tehlike çanları benim için de çalmaya başladı.

— Evet, o yüzden kapatıp çeneni oturman lazım, yoksa kapının önünde bulursun kendini. Beni de tabii ki.

— Evet...

— Seninde bildiğin gibi, bizim bu zengin adam her ay gelir şirket hesaplarını kontrol eder giderdi. Ben de bunları öğrenene kadar buraya niye geldiğini bir türlü anlayamamıştım. Meğerse karısının parasının nereye gittiğini kontrol etmeye gelirmiş.

— Hayda! Ben bugün şok üstüne şok yaşıyorum. Bugünü bir tarafa not alayım. Benim için çok önemli bir gün oldu.

— Bak şimdi, burada çok güzel hazırlanmış bir tezgah var.

— Nasıl yani?

— Yakışıklı adam bizim patrona gelip, kızın muhasebe bölümüne alınması için ricada bulundu. İşte o sırada ben de orada bulunuyordum, olaylara bizzat şahit oldum.

— Alması daha kötü ama, kıskanç karısı ne olacak?

— Kötü olur mu hiç? Kızla rahat rahat başka nerde görüşebilecek? Ayrıca dışarıda görünseler bile iş toplantısı diye herkese yutturabilirler.

— Haaa, müthiş valla, kim düşünmüşse çok zeki biri olmalı. Bizim pembe dizi entrikalarını bile geçti bu durum. Ama bir dakika şimdi, patron niye adama böyle bir iyilik yapsın ki? Sonuçta karısı patronun ortağı, şimdi kafam yine karıştı.

— Biraz sonra kafanın tüm karışıklığı geçecek ve her şeyi anlayacaksın.

— İnşallah! Hadi bakalım anlat.

— Kadın kıskanç ya, eğer adamı biriyle yakalarsa buradaki ortaklığı da dahil olmak üzere elini eteğini işten çeker, adamın peşine düşüp hayatı ona zindan edermiş. Bu kızdan dolayı zaten biraz şüphelenmiş ama bir şey kanıtlayamadığı için sesini çıkarmıyormuş.

— Aaaa! O derece takık yani bu aldatma işine. Hadi yaa.

— Evet, kadın bu konuda çok hassasmış. Bizim patron da ortaklık bozulmasın, parasız kalmasın diye adamın önerisine razı geldi. En azından kızı elimizin altında tutarız, istediklerini alırız, gönlünü hoş tutarız, o da böylece adamla olan ilişkisini kimseye anlatmaz. Burada çalıştığı içinse karısı dahil, kimse şüphelenmez.

— Vay be! Ne plan. Küçük dilimi yutmak üzereyim. Para insana neler yaptırıyor bir kez daha görmüş olduk. Ama bir dakika, o zaman bizim bu kızla arayı iyi tutmamız lazım, baksana arkası çok güçlü.

— Neresi güçlü onu bilemem ama aramızı iyi tutmak zorunda olduğumuzu biliyorum.

— Kızda ne şans varmış, şaşırdım kaldım.

— Allah bir insana çirkin şansı versin dedikleri bu herhalde. Kız güzel desen güzel değil, uzun boylu, çarpık bacaklı, sıska, hiçbir özelliği olmayan, sıradan bir kız işte. Zaten güzel bir kız olsaydı evde kalmazdı. Mutlaka bir insan evladı çıkıp onu alırdı.

— Ne evde kalması? Bu kızın başına talih kuşu konmuş, sen ne diyorsun. Evlenirse böyle imkanlara sahip olabilir mi?

— Böyle imkanlara sahip olamaz ama en azında hayatı tehlikede olmaz.

— Nasıl yani? Niye hayatı tehlikede olsun ki? Ne güzel bir tezgah kurmuşlar, hepimizi kullanarak işlerini hallediyorlar. Alan razı, veren razı.

— Yooo, o kadar kolay değil. Sen adamın karısını yabana atma. Çok güçlü ve takıntılı bir kadın o. Kiralık katil tutar, kızı ortadan kaldırtır. Kız da kim vurdu ya gider.

— Yapma ya! Durum o kadar tehlikeli yani.

— Tehlikeli olmaz mı hiç? Yerin kulağı vardır. Sen, ben nasıl öğrendiysek, belki yarın öbür gün bir başkası da öğrenip para karşılığında karısına anlatabilir. Ondan sonra olacakları düşünmek bile istemiyorum.

— Ben sana neler olacağını söyleyeyim. Kız mezara gider. Biz işimizden oluruz, sokaklara dökülürüz, yeniden iş aramak zorunda kalırız. Böyle rahat bir işi de nerden buluruz artık onu da Allah bilir.

— Evet, aynen öyle olur. En iyisi bütün bunları unutmak, hiçbir şey bilmiyormuş gibi işimizin başına dönmek.

— Yani üç maymuna oynamaya devam edelim, diyorsun.

— Tuba oturduğu yerden yavaşça kalkıp, arkadaşlarına doğru manalı bir şekilde bakmaya başlar.

Günah, çok günah.

Menkıbe Hanım eski bir ahbabıyla evinde beş çayı içerken bir yandan da dün başına gelen olayları anlatıyor.

— Dün öğlenden sonra yeğenimi ziyarete gittim. Ama gittiğime gideceğime bin pişman oldum. Sinirlerim bozularak eve döndüm.

— Hayırdır inşallah, kötü bir şey mi geldi başına? Yoksa çantanı mı çaldırdın? Ah ben sana çantanı boynuna as demiyor muyum? Ah, ah gitti paralar görüyor musun? Aman olsun boş ver, üzülme canım, giden para olsun. Sana bir şey olmasın da, önemli olan o.

— Dur bir dakika, sakin ol, ben sana daha ne olup bittiğini söylemeden sen kendi kendine dövünüp duruyorsun. Kendin söylüyor, kendin üzülüyorsun.

— Ohh, çok şükür. Bunların hiçbiri olmadı yani. Ayy çok sevindim. Peki, ne oldu? Anlatsana. Yoksa yeğenine mi bir şey oldu?

— Bir dakika sus bir nefes al ya. Taramalı tüfek gibi konuşuyorsun, boğazına çay kaçacak. Yeğenime de bir şey olmadı.

— Ayy! Çatlatacaksın şimdi insanı, şunu doğru dürüst bir anlatsana, deminden beri ık pık edip duruyorsun.

— Senden anlatmaya fırsat mı kalıyor? Sözümü sürekli kesiyorsun. Bir susarsan anlatacağım.

— Kusura bakma işte, birden heyecanlandım. Tamam, anlat seni dinliyorum.

— Dün öğlenden sonra yeğenimle oturmuş çay içiyorduk, aniden birisi kapıyı yumruklamaya başladı. Ne olduğunu anlayamadık. Yeğenim heyecanla kapıya doğru koştu.

— Eyvah! Hırsız mı geldi yoksa?

— Ne hırsızı yaa? Hırsız kapıyı vurur mu?

— Aaa! Doğru ya, bir anda aklım başımdan gitti benim ki de soru mu. Eee...

— Yeğenim gitti kapıyı açtı, karşısında takım elbiseli adamlar, birinin elinde pembe bir dosya var, yeğenime bir şeyler soruyor.

— Ayyy, kimmiş bu adamlar? Niye gelmişler?

— Allah aşkına bir sus da anlatayım. Yoksa vazgeçeceğim.

— Çok heyecanlı, meraktan öleceğim. Kimmiş?

— Adamlar icradan gelmişler. Konuşan kişi de avukatmış.

— Vah vah vah, eyvah! İcralık mı oldular? Gitti eşyalar gitti, şimdi içeri girip hepsini alacaklar.

— Ayyy, imdat bayılacağım artık. Tamam anlatmıyorum.

Ben ne söylesem boş, beni dinlemiyorsun bile, sen kendine göre yorumlar yapıp konuşuyorsun.

— Tamam, bu sefer söz veriyorum çıtımı çıkarmayacağım. Hadi anlat.

— Yeğenimin çok iyi görüştüğü bir komşusu var, ona gelmişler. Evde kimseyi bulamayınca çilingirle kapıyı açıp eşyalarını götürmeye başlamışlar.

— Aaaa! Vah, vah!

— Avukatlardan biri yeğenime, "Eğer komşunuzun telefonunu biliyorsanız lütfen arayın buraya gelsin, karşılıklı konuşmak istediklerimiz var," dedi.

— Eeee...

— Yeğenim de kızı aradı. Kız, "Ne istiyorlarsa alsınlar, benim onlarla konuşacak bir şeyim yok, başa gelen çekilir," demiş ve telefonu ağlayarak kapatmış. Adamlar da evde ne var ne yok alıp götürdüler. Ev bomboş kaldı.

— Bizim çay keyfinin de içine edildi. İkimiz de çok üzüldük. Ne de olsa yeğenimin komşusu, iyi insanlardı.

— Ayyy! Çok yazık, valla üzüldüm şimdi.

— Onları tanıdığımdan beri maddi durumları çok iyiydi. Altlarında son model araba, evlerinde son sistem eşyalar vardı. Çocukları özel okulda okuyordu.

— Vah vah! Hayat işte, ne olacağı hiç belli olmaz. Bu hayatta ne oldum değil, ne olacağım diyeceksin. Kim bilir kimlerin ahını aldı, tüyü bitmemiş yetimlerin hakkını yedi de bu işler başına geldi. Yoksa doğru yolda olanın işi rast gider.

— Başladın yine car car konuşmaya, hani söz vermiştin,

susacaktın beni dinleyecektin?

— Haklısın, bir türlü şu çenemi tutamıyorum. Hemen lafa atlıyorum.

— Atlamasan iyi olacak. Ama niye birdenbire bu kadar tepki verdiğini bir türlü anlayamadım. Adamı daha tanımadan, başlarına ne geldiğini öğrenmeden veryansın ettin.

— Evet, doğru söylüyorsun. Sen bana bunları anlatınca aklıma bizim bir akraba geldi. Onların da başına böyle bir olay gelmişti. Ailecek hepimiz çok üzülmüştük. Bir anda o günlere döndüm.

— Hı, anladım. İstersen ben bunu bitireyim, sonra da sen bana o olayı anlatırsın.

— Tamam, anlaştık. Peki, sonra ne oldu?

— Avukatlar gittikten biraz sonra komşu kız geldi, " Herkese rezil olduk, kimselerin yüzüne bakamayacağız, konu komşu bizim hakkımızda ne düşünecek?" diye iki göz iki çeşme ağladı. Yeğenim ona biraz su, sakinleşmesi için de sakinleştirici bir şurup verdi. Kız biraz kendine geldikten sonra anlatmaya başladı.

— Eeeee, ne olmuş?

— Kocası iki sene önce yakın bir arkadaşını aile şirketine ortak olarak almış. İlk başlarda birlikte çok güzel işler yapmışlar, iyi paralar kazanmışlar.

— Eeee, kesin yanlış bir şeyler yaptılar yoksa bu olayların olması imkansız.

— Dinleee, ortak olan adamın kumar tutkusu varmış. Ama uzun süredir oynamıyormuş. Bir gün kumarbaz arkadaşları bunu zorla kumar oynamaya götürmüşler.

O gün çok para kazanmış, sonra da masadan kalkmış.

— İşte, ben dedim yanlış yapmıştır diye, deminden beri beni susturup duruyorsun.

— İyi de yanlışı ortak olan yapıyor, bizim çocuk yapmıyor ki.

— Ne fark eder, kurunun yanında yaş da yanar. Bak şimdi hepsi yandı.

— Evet, doğru, bir de öyle bir durum var. Herkesle ortaklık yapmayacaksın.

— Yaa, tabii ki, neyse, sen devam et.

— Parayı kazanmış ama aklı fikri bir daha oynayıp daha fazla kazanmaktaymış. Birkaç gün sonra tekrar oynamaya gitmiş, bütün parasını kaybettiği gibi, bir de şirketin imzalı çeklerini vermiş, borcunu kapatmış.

— Eyvah!

— Bizim komşunun kocasına da hiçbir şey anlatmamış. Her zamanki gibi işe gidip geliyormuş.

— Vay düzenbaz sahtekar adam, arkadaşını da ateşe attı.

— Aynen öyle, daha sonra çeklerin ödeme günü gelince her şey ortaya çıkmış. İkisi birbirine girmiş, kavga etmişler, ortak olan çocuk çekip gitmiş.

— Aaaa! Ne biçim adam bu? Şerefsiz.

— Bütün borçlar bu çocuğa kalmış. Sinir stres yüzünden işlerine de ağırlık verememiş. İş yerine, eve, her yere haciz gelmeye başlamış.

— Eee, ne yapacaklar şimdi? Yandı gülüm keten helva.

— Yapacak pek bir şey kalmadı artık, her şeyleri ellerinden gitti.

— Yeniden bir hayata başlayacaklar, başka çaresi yok.

— Öyle yaparlar herhalde. Ama yine de şanslı oldukları bir nokta var.

— Bu durumlara düşmüşken artık ne şansı olur? Olsa olsa eşek şansı olur.

— Allahtan borçların çoğu ödenmiş, bir de ödenmeseydi adamın hapse girme ihtimali vardı.

— Aaaa! Doğru, demek ki bizim akrabanın kocası hapse girmekten korktuğu için böyle yaptı.

— Ne yaptı?

— Seninki bittiyse ben anlatmaya başlayayım.

— Bitti işte bu kadar, daha ne olsun... Yeğenime çay içmeye gittim, bir aile dramına şahit oldum, sinirlerim bozuk bir şekilde eve geldim.

— Sen buna dramı mı diyorsun? Benim anlatacaklarım yanında bu solda sıfır kalır.

— Bundan daha kötü ne olabilir ki?

— Şimdi anlatma sırası bende. Ben anlatacağım, sen dinleyeceksin.

— Tamam, anlaştık, anlat bakalım.

— Anne tarafından bir akrabamızın kızı, yıllar önce çok zengin bir adamla evlendi. Ama adam öyle böyle zengin değil, parasının hesabı bilinmiyor.

— O derece yani?

— Öyle diyorlar, ben de tam olarak bilmiyorum. Ne de olsa uzaktan bir akrabamız.

— Hıı...

— Bu kız ilk başlarda prensesler gibi yaşıyordu. Çalışıp

da ne yapacak, kocası onun her ihtiyacını fazlasıyla karşılıyor, hem de ne karşılama.

— Kızın başına talih kuşu konmuş, ne güzel işte, hayatını yaşasın.

— İlk başta talih kuşuymuş gibi görünüyor ama sonunu dinlersen anlayacaksın ne kuşu konduğunu.

— Evet, seni dinliyorum.

— Aradan biraz zaman geçiyor, bizim prensesin çocukları oluyor. Çocukları oldu diye eşi karısına daha çok özen göstermeye başlıyor. Hatta doğum hediyesi olarak Boğaz'da bir yalı satın alıyor.

— Ooo! Çok iyi. Eeee...

— Kısa bir süre içerisinde adamın sahip olduğu şirketler piyasada çok fazla iş yapmaya başlamış. Rakibi olan şirketin yöneticileri bu duruma karşı bir önlem almak istemişler. İş açısından birçok yolu denemişler ama hiçbirinde başarılı olamamışlar. Bunun üzerine özel hayatıyla ilgili bir komplo hazırlamaya karar vermişler.

— Aaaa! Ne insanlar var bu dünyada, bunlar insan değil şeytan.

— Mecburen, ne yapsınlar? Ayakta kalmak için her yolu deniyorlar.

— Doğru söylüyorsun, bu dünyada güçlü olan kazanır.

— Genç, güzel, alımlı, bir kızı adamın şirketlerinden birinde işe başlatmışlar. Kız hem güzel, hem zeki, hem de tahsilliymiş.

— Eeee...

— Kısa bir süre içerisinde kız güzelliği ve zekası sayesinde şirketteki herkesin ilgisini çekmeyi başarmış. Adam da tabii ki kızın farkına varmış ve hemen kızı bulunduğu servisten alıp kendi yanına asistan yapmış.

— Eyvah! Şimdi yandı.

— Ne yanması, ırz düşmanı işte ne olacak. Aklı işte, gözü oynaşta. Patronluğunu kullanarak kızı elde etmeye çalışıyor.

— Doğru valla, eeee, sonra ne olmuş?

— Bu süre içersinde adam kızdan başka bir şey düşünemez olmuş. Fakat kız çok akıllı olduğu için adamla hemen beraber olmamış.

— Vay be, demek ki kaçan kovalanır yapıyor ha, ne zeki.

— Kız adamı iyice kendine bağladıktan sonra bir gün evine çağırmış. Adam tabii ki dünden razı, salyaları aka aka kızın evine gitmiş. Kız evin her yanına gizli kameralar kurdurmuş, kayıt yapıyormuş.

— Aaaa! Rezalet, gitti adam. Tuzağa düştü.

— Neyse, adam gözü dönmüş bir şekilde kıza saldırmaya başlamış. Kız da, "Aman lütfen bana bir şey yapmayın çünkü ben bakireyim," demiş.

— Neeee! Hayatta inanmam. Bu zamana kadar onun gibi bir kız nasıl bakire kalmış? Mümkün değil o gidip başka şeyler yaptırmıştır.

— Herhalde, adam tabii ki kızı dinlememiş ve işine devam etmiş. Kız da bu arada iyi bir tiyatrocu olduğu için rolünü çok güzel oynamış. Aralarında geçen boğuşmalar bağrışmalar net bir şekilde kameraya çekilmiş.

— Aaaa!

— Adamın işi bittikten sonra kız bir yanda iki göz iki

çeşme ağlıyormuş, adam diğer yanda yaptığına bin pişman vaziyette dört dönüyormuş. O sırada kapı çalmış ve güya kızın ağabeyleri görünümünde olan iri yarı üç kişi içeriye girmiş.

— Aaaa! Kavga çıkacak şimdi. Eyvah!

— Kavga da ne demek? Durumu anlamışlar ve adamı eşek sudan gelinceye kadar orada dövmüşler. Bu arada olayların hepsi gizli kameralar tarafından çekilmeye devam ediyormuş.

— Vah vah! Adamın başına gelenler. Şimdi her şeyini kaybetti.

— Bunların hepsi tuzak, tabii ki kızın ağabeyleri falan yok, hepsi rakibinin oyunu.

— Evet anladım, belli zaten. Sonra...

— Adamdan yüklü bir miktarda para istemişler, sonra da evde gizli bir kamera olduğunu, bütün olayı baştan sona kayda aldıklarını söylemişler. Eğer polise giderse kasetleri basına vermekle tehdit etmişler.

— Eyvah! Adama şok üstüne şok. Bitti tükendi. Kıpırdayacak hali kalmadı artık.

— Evet, maalesef öyle oldu, ipler artık onların eline geçti.

— Adamı kukla gibi oynatmaya başlayacaklar. Ne isterlerse onu yapmak zorunda kalacak.

— Ne olurdu sanki biraz uçkuruna sahip olsaydı da bütün bunlar başına gelmeseydi... Evde gül gibi karısı dururken sen git onunla bununla gönül eğlendir, olacağı buydu işte, **günah, çok günah** bu işler. Allahın parmağı yok ki göstersin.

— Yazık valla, ben karısına ve çocuklarına acıdım. Adama hiç acımadım. Böylelerine müstahak, yerin dibine girsin şerefsiz herif.

— Girdi zaten merak etme.

— Nereye girdi, yerin dibine mi?

— Evet, hem de ne girmek. Neyse, devam ediyorum. Rakip firma bu durumu her fırsatta kullanmış, işlerini elinden almış. Adam da bu duruma fazla dayanamamış, iflas bayrağını çekmiş.

— Eee, her şey insanlar için. Bu dünyada batmak da var, çıkmak da.

— Kısa bir süre sonra ne zenginlik kaldı, ne de hava. Gencecik yaşında intihar etti, toprağın altına gitti. İntihar etmeden önce karısına bütün bunları anlatan bir mektup bıraktı.

— Aaa! Ben onu lafın gelişi söylemiştim. Vah, vah, vah! Şimdi çok acıdım. Karısı gerçekleri öğrenince çok kötü olmuştur herhalde.

— Kötü olmak ne kelime, yıkıldı. Hem maddi, hem de manevi olarak yıkıldı. Elinde ne var ne yoksa sattı, çocuklarıyla bir başına ortada kaldı.

— Ayy! Bunlar benim yeğenimin komşusundan daha da kötü duruma düşmüşler. Allah korusun hepimizi. Dağlara, taşlara.

— Daha bitmedi, şimdi en kötüsü geliyor.

— Haydaaa! Daha ne var? Yeterince perişan olmadılar mı?

— Dinle, anlatıyorum. Kız çocuklarıyla bir başına kalınca sudan çıkmış balığa döndü. Çalışma hayatı da olmadığı için para kazanamadı. Ailesi köyde yaşadığı için oraya da gidemedi.

— Eee, ne yaptı peki kızcağız bir başına?

— Bir müddet iş aramış ama hiçbir şey bulamamış. Sonradan duyduk ki, günahı boynuna, o yolun yolcusu olmuş dediler. Zengin bir adamın metresiymiş, çocuklarını da köye göndermiş.

— Aaa, yazık, şimdi çok yazık işte.

— Eee, bu kadar yıl zenginlik içinde rahat yaşadı, hayatın zorluklarını hiçbir zaman bilemedi, şimdi de gitti en kolay yolu seçti. Aileden kimse onunla görüşmüyor. Ne oldu o kadar zenginlik, o kadar hava? Hepsi yalan oldu. Adam intihar etti kurtuldu, geriye kalanlar perişan oldu.

— Allah kurtarsın, ne diyeyim, beterin beteri varmış.

Kocan sana istediğin her şeyi alır.

Şevkiye Hanım evinin balkonunda kızını karşısına almış, nasihat ediyor.

— Bak kızım, işe daha yeni başladın, zaten aldığın maaş belli, ortada. Şart mı şimdi bir de araba taksitine girmek? Eve biraz yardım etsen, üç beş kuruş kenara koysan olmaz mı? Bugünün yarını var. Ne olacağımız belli değil. Yarın öbür gün başımıza bir hastalık gelse, bir kaza geçirsek nerden para bulacağız? Kimden yardım isteyeceğiz? Tedavi olamadan ölüp gideriz valla.

— Başladın yine felaket tellallığına. Yıllardır bu konuşmaların yüzünden içim karardı, hayata bakışım değişti. Artık umurumda bile değil, başımıza ne gelirse gelsin, ben her şeye hazırım. Zaten hepimiz sonunda ölmeyecek miyiz? Her şey Allahtan.

— Aman sus! Çabuk tövbe tövbe de, şimdi çarpılacaksın. Allah korusun! Ne biçim konuşuyorsun?

— Doğru konuşuyorum, bıktım artık. Küçüklüğümden beri çalışıyorum, eve her zaman para getirdim. Bir araba almak benim de hakkım. İşe arabayla gidip gelmek istiyorum. Sıkış tıkış otobüslerde işe gidip gelmekten bıktım. İş yerinde herkesin arabası var, bir benim yok.

— Doğru söylüyorsun, işe gidiş şartların çok zor ama ne yapalım, başka çaremiz var mı? Sen şimdi bu araba taksitine girince bizim halimiz ne olacak, hiç düşündün mü? Babanın getirdiği para neyimize yetecek? Her ay bir sürü masrafımız var. Bunlar nasıl ödenecek hiç düşündün mü? Böyle giderse yakında bir kuru ekmeğe muhtaç olacağız.

— Sen hep kötü düşünmek zorunda mısın? Ağzından bir gün bile iyi bir laf çıkmayacak mı? Her şeyin en kötüsünü düşünüyorsun.

— İyi düşünecek hal mi bıraktınız insanda? Ahh ahh! Vakti zamanında ben de bir işe girip çalışmış olsaydım şimdi size muhtaç olmazdım, kenarda köşede üç beş kuruş param olurdu. Ben sizleri yetiştirmek için fedakarlık yaptım, çalışmadım. Şimdi karşılığı bu mu? Bana söylediğin laflara bak.

— Ben sana ne yapıyorum anlayamadım? Yıllardır çalışıyorum, çalıştığım parayı eve getiriyorum, daha ne yapayım? Bir araba almak istedim suç oldu. Ayrıca eve yine para vereceğim ama her zamanki kadar değil, biraz daha az olacak.

— İyi o zaman, ben de yarın gider kendime iş ararım. Birinin yanına hizmetçi olarak mı girerim, yoksa bir işyerine çaycı olarak mı, bilemiyorum artık, karşıma ne çıkarsa.

— Hayda! Sen yine saçmalamaya başladın. Neden hep bana yükleniyorsun? Kardeşim de çalışabilecek yaşta, üstelik erkek.

— Aaaa! El kadar çocuk, işe girecek çalışacak, senin ağzından çıkanı kulağın duymuyor herhalde. O daha on altı yaşında, okulu var, okuyacak doktor olacak benim oğlum. Hastalanınca annesine bakacak.

— Bak sorunun cevabını buldun. Deminden beri hastalanırsak, kaza geçirirsek ne olur bizim halimiz diyordun, oğlun doktor olunca sana bakar işte. Niye kaygılanıyorsun ki?

— Sen ablasın, o el kadar çocuk. Dediklerine bak, hiç utanmadan bir de alay ediyorsun.

— Ben onun yaşındayken tatillerde çalışıyordum. Bana hiç acımıyordun ama. Şimdi o erkek diye onu koruyorsun.

— Aaaa! Çok ayıp! Bir anne çocuklarını birbirinden ayırır mı? Hepiniz benim için aynısınız. Sen de anne olunca ben sana sorarım.

— O zaman kardeşim bu yaz niye çalışmıyor? Dışarılarda arkadaşlarıyla gezip tozuyor. Bir de onun cebine para koymak zorunda kalıyoruz.

— Ayy! Sus, sus artık sen iyice saçmalamaya başladın. Ne olur yani kardeşine üç beş kuruş harçlık versen? O senin kardeşin. Yarın öbür gün o sana verir. Ayrıca o okuyor biliyorsun. Bütün bir yıl ders çalışmaktan beyni yoruldu, azıcık dinlensin, eğlensin.

— Evet, doğru, çok çalışıyor, duyan da okul birincisi sanır. Çok çalıştığı için sınıfını zar zor geçti (!) bir de çalışmasa ne olur Allah bilir.

— Senin yine kıskançlık damarın tuttu. Sen küçükken de böyleydin, hep kardeşini kıskanırdın. Onu ne zaman kucağımıza alsak hemen sen de yanımıza gelir, beni de kucağınıza alın, diye ağlardın. Sana onun bir türlü küçük bir bebek olduğunu anlatamadık. Şimdi yine aynısını yapıyorsun. Sen ondan beş yaş büyüksün. Sen ablasın.

— Beş yaş büyük doğdum diye benim de sevgiye ihtiyacım yok anlamına gelmiyor. Demek ki küçükken beni yeterince sevmemişsiniz, ben de kıskanmışım.

— Ah ah! Ölseydim de bunları duymasaydım. Ben sana prensesler gibi baktım. Bir giydiğini bir daha giymedin. El bebek, gül bebek büyüdün. Sen o günleri hatırlamıyorsun diye şimdi beni mi suçluyorsun? Bana inanmıyorsan etrafındakilere bir sor, bakalım seni nasıl büyütmüşüm. Sen benim ilk göz ağrımsın. Sen benim kınalı kuzumsun.

— Tamam tamam, duygu sömürüsüne başlama şimdi. Ne dersen de, beni araba almaktan vazgeçiremeyeceksin.

— Ben bunları seni vazgeçirmek için söylemiyorum. Ne

alakası var şimdi? Sen bir suçlamada bulundun, ben de sana onu anlatıyorum.

— Peki, o zaman anlaştık. Ben yarın gidip şu araba işini halledeyim.

— Bak benim güzel kızım, niye ısrar ediyorsun, biraz sabretsen diyorum. Seninle evlenmek isteyen hali vakti yerinde bir çocuk var, yine haber gönderdi. Yarın ailesiyle gelmek istiyorlar.

— Anne olmaz dedim. Niye hâlâ ısrar ediyorsun? Ben onun tipini beğenmedim.

— Her şey tip mi çocuğum? İyi bir ailenin çocuğu, ipsiz sapsız bir şey değil işte. Evlilik yaşın da geldi artık.

— Ayy! Anne yine başlama evlilik laflarına, ben daha evlenmek istemiyorum. Çalışıp para kazanacağım, daha sonra belki düşünebilirim.

— Evde mi kalacaksın yani? Olmaz, dünyada olmaz, ben benim kızım evde kaldı, kimse onu istemedi dedirtmem. Gencecik güzel bir kızsın, şimdi evlenmezsen ne zaman evleneceksin? Bugünlerin kıymetini bil. Yarın öbür gün kimse kapını çalmaz. Her gelene bir kusur buluyorsun, olmaz ki canım bu kadar. Bu çocuk çok iyi, diğerleri gibi değil, hem tipi kötü olsa ne olur, zamanla göre göre alışırsın. Ayrıca seni de çok beğenmiş, evlenmeyi de çok istiyormuş. "Eğer evlenirsem eşimi çalıştırmam, ben ona bakarım," diyormuş. Başına talih kuşu kondu ama sen hâlâ farkında değilsin.

— Offff! Anne ne olur yine başlama. Her gün aynı lafları duymaktan bıktım. Ben çalışıp kendime bakarım. Kedi köpek miyim de ben, bana bakacakmış. Kimseye ihtiyacım yok benim. Hem bu dünyada her şey para demek değildir. Sevgi, aşk, olmadan evlilik olur mu?

— Çocuk zengin diyorum sana, sen bana gelmiş aşktan, sevgiden bahsediyorsun. Aşkmış, sevgiymiş bunların hepsi gelip geçici, bu dünya para üzerine kurulmuş, senin o dediğin şeyler burada geçmez. Kafanı çalıştır biraz, ne güzel işte, rahat edeceksin, hayatın kurtulacak, çalışmak zorunda kalmayacaksın. Sen hele bir evlen, **kocan sana istediğin her şeyi alır**. Ev alır, araba alır, daha ne istersen alır. Kız başına kredi borcuna girmek zorunda kalmazsın. Şimdi çalışıyorum diye kendine çok güveniyorsun, yarın öbür gün işsiz kalırsan nasıl ödeyeceksin bu kadar borcu? Bir de ödeyemezsen, hapislere düşersin maazallah. Ey güzel Allah'ım, sen bizi koru. Bu kızıma da akıl fikir ver yarabbi.

— Offff! Patlayacağım artık. Benim tipim değil diyorum sana, beğenmedim, hiçbir elektrik alamadım. Ben o çocukla evlenmem, bunu kafana koy. Sen evlendin de ne oldu? Babam sana her istediğini aldı mı? Bak hâlâ bir evimiz bile yok, kira köşelerinde sürünüyoruz, zar zor geçiniyoruz.

— Bizim zamanımızda başkaydı. Bizde öyle bugünkü gibi çok zengin insanlar yoktu. Parmakla gösterilecek kadar azdı. Ayrıca beni isteyenler arasında hâli vakti en yerinde, en iyi olan babandı. Ben annemin sözünü dinledim, babanı seçtim. Onlara hiç itiraz etmedim. Ailem benim için her şeyin en iyisini bilir, dedim. İyi ki de evlenmişim bak, yirmi beş senedir beraberiz, ne kadar mutlu bir evliliğimiz var.

— Anne sen kendini kandırıyorsun. Babamın sana yaptıklarını sineye çekersen elli sene daha evli kalırsınız. Beni kandırma, ne mutluluğu?

— Aaa! Aşk olsun, bizim evliliğimizi herkes parmakla gösteriyor. "Keşke onlar gibi olabilsek," diyorlar. Evlilik bu, her şey olur, fedakarlık etmek zorundasın. Yoksa yürütemezsin, diğerleri gibi boşanmak zorunda kalırsın.

— Anlattıkların için sağ ol ama ben seninki gibi bir evlilik yapmak istemiyorum. Evleneceğim kişiyi kendim seçmek istiyorum. Onunla bir ömrü paylaşacağıma göre, bu benim en doğal hakkım. Yanlış karar versem de bu karar benim kararım olmalı. Eğer seni dinleyip evlenirsem mutsuz olduğumda sürekli seni suçlayacağım. Ben bunları yapmak istemiyorum. Şu anda sadece çalışıp para kazanmak istiyorum. Evlensem dahi çalışmaktan asla vazgeçmeyeceğim. Her zaman kendi ayaklarım üzerinde duracağım.

— Sen istediğin gibi yap kızım.

— Sağ ol annecim, beni anlayacağını biliyordum.

— Ama bir şey diyecektim sana…

— Söyle annecim.

— Şeyyy, eee, yarın seni görmeye gelmek istiyorlardı ya, şimdi gelmeyin demek olmaz, arada tanıdık insanlar var, ayıp olur sonra. Onlar yarın gelsin, sen çocuğa alıcı gözüyle bir kere daha bak, sonra ne istersen onu yap.

— Anneeeee…

Ergenliğimi yaşamak istiyorum.

Emel hanım ergenlik çağındaki çocuğuyla bir konu hakkında konuşmaya çalışır.

— Seninle biraz konuşmak istiyorum, odandan çıkıp yanıma gelir misin?

— Neeee! Gelemem şimdi işim var. Sonra bakarız.

— Ne işin var? Ne yapıyorsun ki? Yoksa yanlışlıkla ödevlerini mi yapmaya karar verdin? ☺

— Yeter anne! Gelemem dedim yaaa, işim vaaaaaarrr!

— Ama bu çok önemli! Bu gün mutlaka konuşmamız lazım, yarına bırakamayız.

— Eminim öyledir. Yine bana kırk bin tane nasihat vereceksin. Seni dinlemek istemiyorum. Şimdi bir şeyle uğraşıyorum.

— Ayy! Çok merak ettim, neymiş bu kadar önemli olan şey, gelip bir bakacağım.

— Hayır gelemezsin! Ben gelmeni istemiyorum. Odama giremezsin! Şimdi kırk tane laf edeceksin, "Odanı topla, o niye orda, bu niye burada, pislikten öleceksin, eskiden benim odam yoktu, sen kıymet bilmezin tekisin…" falan filan deyip zırvalayacaksın. Akşam akşam seni hiç çekemem.

— Sen annenle ne biçim konuşuyorsun, yakışıyor mu sana? Ayıp ayıp! Utan bu yaptıklarından.

— Tamam anne! Çok utanıyorum, bak utancımdan yüzüm kıpkırmızı oldu.

— Alay etmeyi bırak, terbiyesiz. Sadece bir iki kelime

konuşup seni rahat bırakacağım, çok uzun sürmez, sonra o çok önemli işinin başına dönersin(!)

— Söz di mi? Çok uzun sürmeyecek, yine bana vaaz vermeyeceksin.

— Söz tamam gel, seni salonda bekliyorum.

— Pembe salonda mı? Mavi salonda mı? Yoksa ön bahçeye bakan havuzlu salon da mı bekliyorsun?

— Dalga geçme zirzop.

— Geldim sevgili anneciğim. Seni can kulağıyla dinlemeden önce size hazırladığım bir mektubu takdim etmek istiyorum.

— Ne mektubuymuş o? Artık evde birbirimize mektup mu yazacağız? Yeni bir şey mi bu?

— Deminden beri içerde bununla uğraşıyordum. Daha doğrusu günlerdir uğraşıyorum.

— Oooo! Neymiş o, çok merak etti şimdi? Seni bu kadar oyaladığına göre ilginç bir şey olmalı(!)

— Sen önce bir oku, sonra bana hâlâ anlatmak istediğin bir şeyler varsa anlatırsın. Bir tane de babam için hazırladım, ona da eve gelince vereceğim.

— Ver bakalım. Neymiş bir okuyalım, anlayalım şu önemli mektubunu.

— Ben odama gidiyorum.

MEKTUP

Ben ergenim! Karışmayın bana! Beni rahat bırakın! Hayatı doya doya yaşamak istiyorum.. Benim kanım bu aralar çok hızlı akıyor, kendime sahip olamıyorum. Her şeyi denemek, öğrenmek istiyorum.

Vücudum her geçen gün değişiyor, bazen çirkinleşiyor, bazen güzelleşiyor, bana bir şeyler oluyor. Hormonlarım benimle uğraşırken ben de sizinle uğraşıyorum.

Bu zor günlerimi yaşamaya çalışırken bir yandan da sınavlarla boğuşmak zorunda kalıyorum. Ben de isyan etmek istemiyorum, ben de sizi üzmek istemiyorum ama bu kadar sorumluluk altında eziliyorum.

Gencim ben! İnsan hayatında kaç defa genç olur? Şimdi gençliğimi yaşayamazsam bir daha ne zaman yaşayacağım? Nasıl olsa bu günler gelip geçici, ben de bir gün büyüyeceğim.

Daha önce bebektim, şimdi ergen oldum.

Her zaman beni sevdiğinizi, benim iyiliğimi istediğinizi söyleyip duruyorsunuz. Herkes için yıllarınızı boşa harcadığınızdan yakınıyorsunuz. Benim için harcamayı göze alacak bir beş yılınız daha kaldı mı?

Hepiniz benden bir şeyler bekliyorsunuz. Kendi hayatınızda yapamadıklarınızı bana yaptırmaya çalışıyorsunuz. Ben daha büyümedim! Ergenim! Anlayın beni! Sadece büyümek üzereyim. Siz ergenlik yaşamadınız mı? Ne çabuk unuttunuz o günleri? Ailenize karşı gelmediniz mi? Suç işlemediniz mi? Sigara içmediniz mi? Sebepsiz yere kavga etmediniz mi? Şimdi ne değişti? Neden ben yapınca suç oluyor? Neden beni anlamıyorsunuz? Yıllar önce aileniz sizi anlamadı diye siz de beni mi anlamak istemiyorsunuz? Anlamak için çaba harcamıyorsunuz. Sadece benim sizi anlamamı bekliyorsunuz.

Ben daha yetişkin olmadım, ergenim! Yetişkinliğe adım attım. Yetişkinlik duygularını tatmadım, bilmiyorum, bilmediğim halde sizi nasıl anlayabilirim? İlk yürümeye başladığımda benden hemen koşmamı istemediyseniz, büyümemi beklediyseniz, şimdi de aynısını yapın.

Her şey benim için daha yeni başladı. Sadece küçüklükteki gibi elimi tutarak bana destek olun. Bu yolda yürümem için bana yardımcı olun. Benim yerime yürümeye çalışmayın. Eğer benim yerime yürümeye çalışırsanız, ben değil siz yürümüş olursunuz. Siz zaten yürümeyi biliyorsunuz. Benim de yürüme hakkımı elimden alıyorsunuz. Beni ömür boyu kendinize muhtaç bırakıyorsunuz.

Hani beni seviyordunuz? Hani benim iyiliğimi istiyordunuz? Beni yine o eski günlerdeki gibi karşılıksız olarak sevseniz, benden sürekli bir şeyler beklemeseniz, ne kaybedersiniz? Kim bilir, belki de kazanırsınız.

İmza

Sizi seven ergeniniz.